세계 명언집

세계 명언집
③ 지성의 안내

초판 1쇄 인쇄 | 2024년 03월 15일
초판 1쇄 발행 | 2024년 03월 20일
편찬 | 좋은말연구회
펴낸곳 | 태을출판사
펴낸이 | 최원준
디자인 | 윤영화
등록번호 | 제1973.1.10(제4-10호)
주소 | 서울시 중구 동화동 제 52-107호(동아빌딩 내)
전화 | 02-2237-5577 팩스 | 02-2233-6166
ISBN 978-89-493-0675-9   03890

③ 지성의 안내   세계 명언집

좋은말연구회 편찬

🍥 태을출판사

헤르만 헤세
(Hermann Hesse, 1877~1962)
독일계 스위스인 소설가, 시인.

존 F. 케네디
(John Fitzgerald Kennedy, 1917~1963)
미국의 제35대 대통령.

레프 톨스토이
(Leo Tolstoy, 1828~1910)
러시아의 소설가, 시인, 극작가, 철학자.

데일 카네기
(Dale Harbison Carnegie, 1888~1955)
미국의 작가, 강사.

나폴레옹
(Napoleon, 1769~1821)
프랑스의 장군이자 황제.

프리드리히 빌헬름 니체
(F. W. Nietzsche, 1844~1900)
독일의 시인, 심리학자, 철학자.

임마누엘 칸트
(Immanuel Kant,
1724~1804)
독일의 철학자.

볼테르
(Voltaire, 1694~1778)
프랑스의 작가, 철학자, 계몽 사상가

어니스트 헤밍웨이
(Ernest Miller Hemingway,
1899~1961)
미국의 소설가, 언론인.

마하트마 간디
(Mahatma Gandhi, 1869~1948)
인도의 정신적, 정치 지도자.

벤저민 프랭클린
(Benjamin Franklin, 1706~1790)
미국의 정치가, 외교관, 과학자, 저술가

윈스턴 처칠
(Winston Churchill, 1874 ~ 1965)
영국의 총리를 2번 역임한
정치가, 군인.

윌리엄 셰익스피어
(William Shakespeare,
1564~1616)
영국의 극작가, 시인.

요한 볼프강 폰 괴테
(Johann Wolfgang
von Goethe, 1749~1832)
독일의 작가, 철학자,
정치인.

파블로 피카소
(Pablo Picasso, 1881~1973)
스페인 국적 20세기 화가,
조각가, 작가.

아르투어 쇼펜하우어
(Arthur Schopenhauer,
1788~1860)
독일의 철학자.

루트비히 판 베토벤
(Ludwig van Beethoven,
1770~1827)
독일의 서양 고전 음악 작곡가.

존 러스킨
(John Ruskin, 1819~1900)
영국의 사회 비평가,
평론가.

다시 살고 싶은 삶을 위하여

구름에 가리워진 달을 생각해 본 적이 있습니까?

달을 가리고 있는 구름이 거기에 있었던 것은 그저 우연에 지나지 않습니다. 구름은 달의 본성(本性)과는 아무런 관련도 없습니다.

달이 구름에 가리워져 보이지 않을 때에도 달은 달 그대로입니다. 구름이 옮겨 가고 달이 제 모습을 드러낸다 하더라도 마찬가지로 달은 변함없이 달 그대로입니다. 구름은 다만 일시적인 가리개에 불과했을 뿐입니다.

당신은 지금 당신의 삶이 하찮고 외롭다고 느껴지십니까?

그렇다면 당신의 마음은 구름입니다. 당신의 사념(思念)은 구름과 같은 것입니다.

당신은 달이며, 세상은 구름과 같습니다. 세상은 당신의 마음을 조금도 변화시키지 않았고, 당신의 참된 마음은 어떠한 영향도 받지 않있습니다.

　당신은 순수함을 항상 간직하고 있습니다. 당신은 신성함을 항상 그대로 간직하고 있습니다. 당신의 삶에 구름이 덮여있을 지라도 달라질 것은 아무것도 없는 것입니다.

　당신이 구름에 가리워져 나타나지 않을지라도, 당신의 신성(神性 : 本性)이 그대로 있는 한 당신은 자유롭게 살아갈 수가 있습니다. 달은 언제나 달인 것처럼 당신은 언제나 당신 그대로인 것입니다.

　그러므로 당신의 삶은 당신 스스로가 가꾸지 않으면 안됩니다. 당신의 삶에 덮여진 구름을 의식하지 말고, 당신은 당신의 삶을 과감히 이끌어 나아가야 할 것입니다.

　당신의 앞길에 작은 위안의 반려라도 되기를 바라면서, 여기 명언(名言)의 주옥편들을 모아 봅니다.

좋은말연구회

차례

머리말 - 다시 살고 싶은 삶을 위하여 **15**

`part 01`
건강(健康)·질병(疾病)에 대하여 21

`part 02`
말(言語)에 대하여 39

`part 03`
침묵(沈默)에 대하여 81

`part 04`
자연(自然)에 대하여 91

part 05
예술(藝術)에 대하여 117

part 06
문학(文學)과 시(詩)에 대하여 139

part 07
시간(時間)과 공간(空間)에 대하여 153

part 08
전쟁(戰爭)과 평화(平和)에 대하여 191

part 09
죄(罪)에 대하여 225

part 10
악(惡)에 대하여 241

part **11**

관용(寬容)과 용서(容恕)에 대하여 265

part **12**

성공(成功)과 실패(失敗)에 대하여 277

part **13**

겸손(謙遜)에 대하여 307

part **14**

인내(忍耐)에 대하여 319

part **15**

덕(德)에 대하여 335

part **1**

건강(健康)·
질병(疾病)에
대하여
Analects of the World

최상의 건강에는 한계가 있고, 질병은 언제나 가까운 이웃이다.
아이스킬루스

건강이 있는 곳에 자유가 있다. 건강은
모든 자유 중에서 가장 으뜸가는 것이다.
아미엘

너무 많다는 것은 부족하다는 것을 의미한다.
너무 건강한 사람같이 심한 병자는 없다.
로망 롤랑

인간 행복의 대부분은 건강에 의하여 좌우되는 것이 보통이며 건강하기만 하다면, 모든 일은 즐거움과 기쁨의 원천이 된다. 반대로 건강하지 못하다면 이러한 외면적 행복도 즐거움이 되지 않을 뿐만 아니라, 뛰어난 지(知), 정(情), 의(意) 조차도 현저하게 감소된다.

쇼펜하우어

너의 건강을 회복하기 위해서는 약도 치료법도 필요하지 않다. 무엇보다도 간소하게 사는 것이 가장 좋은 방법일 것이다. 적당하게 먹고 마시며 일찍 쉬어야 한다. 이것이 세계적인 만능약이다.

들라크로아

몸이 비록 자기 것이라 하더라도, 건강을 유지한다는 것은 자기 자신에 대한 첫째 의무이며, 또 사회에 대한 의무이기도 하다.

프랭클린

신이 치료하고, 의사가 치료비를 받는다.

프랭클린

신경성질환이나 신경성질환 환자가 늘어난 것이 아니라, 신경성질환에 밝아진 의사가 늘어났을 뿐이다.

체흡

식후의 수면은 은이고, 식전의 수면은 금이다.
톨스토이

인간의 육체와 정신 사이에는 언제나 묘한 관계가 존재한
다. 자신의 몸의 하나를 잃으면, 자신의 정신도 어딘가 한
구석을 잃는다.
레르몬토프

건강은 신체 상태(컨디션)의 문제가 아니라, 마음 상태의 문제이다.

에디 부인

신체가 나약하고 건강하지 못한
사람은 국가의 죄인이다.

루즈벨트

수면은 피로한 마음의 가장 좋은 약이다.

세르반테스

히스테리 환자의 대부분은 추억에 의해 고통을 당
하고 있다.

프로이트

질병은 자신이 약해 보이면 즉시 침범한다.

다아윈

환자는 정상인보다 자기 영혼에 더 가까이 간다.

프로스트

영혼의 질환은 신체의 질환보다도 더 위험하며 또
한 많다.

키케로

건강한 사람은 건강의 중요성을 알지 못한다. 병자만이 건강의 중요
성을 알고 있다.

카알라일

자연은 나에게 귀중한 선물 두 가지를 주었다. 하
나는 원하는 대로 잠들 수 있는 능력과 다른 하나
는 과식하지 못하는 육체의 조건이다.

나폴레옹

피로는 가장 좋은 베개이다.

프랭클린

건강은 유일무이(唯一無二)의 보배이며, 이것을 얻기 위해서는 생명
자체까지 내던진다.

몽테뉴

즐거움은 건강의 훌륭한 거름이며, 상심은 질병의 원조자다.

브하그완

무엇이 이익이 되고, 무엇이 해독이 되는지를 깨닫는 것이 건강을 지키는 최상의 물리학이다.

베이컨

건강을 유지한다는 것은 자신에 대한 의무인 동시에 사회에 대한 의무이다. 오늘날 백 살이 넘게 오래 사는 사람은 거의 모두가 봄이나 여름에, 가을이나 겨울에 일찍 일어난 사람들이다.

푸시킨

건강에 대한 행복은 병에 의해서만 느낄 수 있다.

리히텐베르크

건강한 사람은 건강의 고마움을 알지 못한다. 항상 건강을 유지하기 위해서는 비록 병이 없더라도, 항상 병에 대한 주의를 기울여야 한다.

카알라일

나의 직무는 나의 건강 유지이다. 자기의 몸을 위하는 일은 무엇이든지 좋으며 '선(善)'이라고 불러야 한다.

지이드

명랑한 기분으로 일하는 것이 육체와 정신을 위한 가장 좋은 위생법(衛生法)이다. 값 많은 보약(補藥)보다도 명랑한 기분은 언제나 변하지 않는 약효를 지니고 있다.

조루즈 상드

근육은 잘 운동시켜야 한다. 그러나 신경을 너무 써서는 안된다. 신경을 너무 쓰면 건강마저 잃고 만다.

쇼펜하우어

부귀도 영화도, 그리고 지식도 미덕도 사랑도, 건강을 잃으면 사라져 버린다.

몽테뉴

약이 필요한 사람은 병자이지 건강한 사람이 아니다.

제퍼슨

일찍 자고 일찍 일어나는 것은 사람을 건강하게 하고, 풍부하게 하며 또한 현명하게 만든다.

프랭클린

스스로 쉽게 병을 고칠 수 있는 환자는, 동정 받아
서는 안된다.
몽테뉴

자신의 건강을 돌보라. 건강하거든 신을 찬미하라. 건강을 훌륭한 양
심 다음으로 소중히 하라. 건강은 우리 인간이 가질 수 있는 행복이기
때문이다. 건강은 돈으로는 살 수 없는 행복이다.
월튼

자신이 건강하다고 믿는 환자는 병을 고칠 길이 없다.
아미엘

질병은 초기에 고쳐라.
페르시우스

밤에는 아무런 생각을 하지 않고 자는 것이 좋다.
J. 레이

많은 잠은 죽음의 사촌이다.
새크빌

건강과 부(富)는 아름다움을 창조한다.
보운

질병은 쾌락에 부과하는 세금이다.
J. 레이

병을 숨기는 것은 치명적이다.

라틴 격언

점심 식사 후에는 걷고, 저녁 식사 후에도 걸어라.

미상

병에 걸릴 때까지는 건강의 소중함을 알지 못한다.

T. 플러

건강이 좋은 사람이 젊은이다.

보운

인생에 있어서 건강은 목적이 아니다. 건강은 최소한의 조건이다.

무샤노코오지 샤네아쓰

국민의 건강은, 국민의 부보다도 중요하다.

듀랜트

건강의 시작은 질병을 아는 것이다.

세르반테스

의사는 병의 원인이 발견되면, 그 치료법이 곧 발견된다고 생각한다.

키케로

돌팔이 의사는 누구에게도 새로운 삶을 주지 못하고, 모든 이에게 죽음을 줄 뿐이다.

카알라일

누구든지 자기의 육체적, 도덕적 건강 상태를 점검해보면, 거의 대부분은 자기 자신이 병들어 있음을 알게 된다.

괴테

병은 죽음의 심부름꾼이다.

괴테

질병은 부도덕한 쾌락의 댓가이다.

T. 플러

약을 쓰려는 욕망은, 인간을 동물들과 구별해 주는 가장 큰 특징이다.

W. 오슬러 경

신념과 지식은 의료업에서 서로 크게 의존한다.

레이덤

약(藥)으로 사는 것은 지긋지긋하게 사는 것이다.

C. V. 린데

건강의 유지는 하나의 의무다. 육체상(肉體上)의 도의(道義)라는 것이 건강 유지라는 사실을 아는 사람은 거의 없는 것 같다.

H. 스펜서

강한 신체는 강한 정신을 갖게 한다.

T. 제퍼슨

건강한 육체에 건전한 정신은, 이 세상의 행복한 상태를 간결하고 충분히 표현한 것이다. 이 둘을 가지고 있는 사람은 더 바랄 것이 없고, 둘 중의 하나라도 가지고 있지 않은 사람은 다른 무엇으로도 행복하지 않을 것이다.

J. 로크

당신 자신의 정의의 깊이를 알아보고, 무엇보다도 자신을 알려고 노력하라. 그러면 이 질병이 왜 당신에게 생겼는지 알게 될 것이며, 그 때부터 당신은 질병에 걸리지 않게 될 것이다.

프로이트

의사가 병을 고치면 태양이 이것을 보지만, 의사가 환자를 죽이면 땅이 이것을 감춘다.

J. 켈러

술과 마찬가지로 의사는 늙을수록 좋다.

T. 플러

모든 질병의 원인을 캐보면, 지나친 정열과 정신적인
고통이 원인이라는 것을 알 수 있다.

라 로슈프코

의사란, 의사가 거의 알지 못하는 약을 더 모르는 환자의 몸에 부어
넣는 사람이다.

볼테르

나는 어떤 의사보다도 나 자신을 더 잘 알고 있다.

오비디우스

의사를 멀리하라. 의사란 모두 시험하고, 추측하고,
과장하는 자이다.

버제트

무엇보다도 건강한 의지(意志)가 몸의 건강에 좋다. 어떤 사람은 줄
곧 일만 하고 쉬는 일이 없건만 건강하고 오래 산다. 반대로 어떤 사
람은 금방 일에 지치며 1년이면 6개월은 쉬고 있다. 먼저 사람은 건
강한 의지를 가졌고, 나중 사람은 병든 의지를 가졌다.

힐티

쾌활한 기분을 갖는 것이 건강에 으뜸이다. 재물의 힘은 건강에 비하면 극히 작은 것에 지나지 않는다. 일하는 노동자나 농민들을 보라. 그들은 먹고 입는 것이 부족하지만, 늘 쾌활한 얼굴을 하고 있다. 건강은 나뭇잎과 같은 것, 잎이 무성하여야 쾌활이란 꽃도 핀다.
쇼펜하우어

큰 사업에 성공하려면 무엇보다도 건강이 중요하다.
에머슨

옷을 두텁게 끼어 입는 것은 건강에 좋지 않다. 몸의 저항력을 약하게 하는 까닭이다. 두툼하고 푹신한 이불이 건강에 반드시 좋은 것도 아니다. 나는 잠자리에서도 가급적 엷고 딱딱한 것을 취하라고 말하고 싶다. 신체의 건강은 단련에서 오듯, 정신의 건강도 극기(克己)의 습관을 길러 단련해야 한다. 불규칙적인 생활이 신체의 건강을 해하듯, 정신도 일정한 자율적(自律的)인 규칙에 따라야 한다. 특히 어릴 때부터 이러한 습관에 의하여 육체와 정신을 단련하는 것이 중요하다.
로크

백 명의 의사를 찾지 말고, 밤의 음식을 삼가라.
에스파니아 격언

쾌락을 적당히 끝내는 것이 건강에 좋다.
영국 속담

인간(人間)은 자연스러운 그대로 내버려 두면 충분히 건강을 유지할 수가 있다. 도리어 문명(文明)의 손이 많이 가서 사람의 신체는 약해지고 있다. 모자를 쓰지 않는 것이 건강에 좋은데도 불구하고 모자를 사용하고 있고, 손발도 본래 추위와 더위에 대한 감도(感度)가 똑같았는데, 양말을 신는 습관을 들였기 때문에 손보다 발은 추위를 더 타게 된 것이다.
로크

사람은 살아나가기 위해서 만들어진 하나의 개체이며, 인간의 정신과 신체는 그 목적에 따라 조직되어 있다. 그러므로 병에 걸렸을 때 함부로 약을 쓸 필요는 없다. 인간은 스스로 자기를 방비할 힘을 소유하고 있다.
나폴레옹

오래 살려거든 질투의 감정을 없애라.
외국 속담

part **2**

말(言語)에 대하여

Analects of the World

웅변가란 어떠한 사람을 말하는가? 보잘것 없는 저급한 문제일지라
도 희망적이고, 아름답게 말하는 사람이다.

시세로

재담(才談)이 성공하고 못하고는 듣는 사람의 귀에 달
려있지, 말하는 사람에 의해서 좌우되는 것은 아니다.

세익스피어

처세술이란 자기가 한 결심을 대중 사이에서 재치있게 해내는 일이
다. 그러므로 자기가 하고 있는 일에 대해서 군소리를 하지 않는 사
람이야말로 처세술이 능한 사람이라 할 것이다.

알랑

주의깊게 듣고, 총명하게 질문하고, 조용하게 대답하고, 그 이상 아무런 말이 필요없을 때에 입을 열지 않는 사람은 인생에서 가장 필요한 의의(意義)를 깨달은 사람이다.
라하테르

말을 많이 들을수록 당신은 더 설득 당한다.
디즈레일리

여자의 입으로 부정하는 것은 부정이 아니다.
시드니 경

위트는 대화의 소금이다.
하즐리트

말하는 것은 지식의 영역이고,
듣는 것은 예지의 영역이다.
홈즈

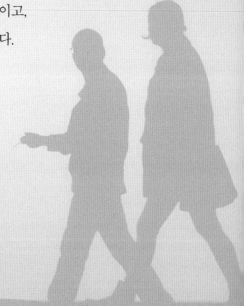

사회에서는 그대가 생각한 바를 말하는 것이, 그대에게 해를 끼칠 것이다. 그러나 한 번의 자유스러운 말은 천 번의 침묵보다 더 가치가 있다.

스미드

다른 사람이 말할 때에는 세심한 주위를 기울이고, 말하는 상대방의 마음속으로 파고들도록 그대 자신을 길들이도록 하라.

아우렐리우스

타인의 말로 야기 된, 모든 것은 재미있고 흥미롭다.

로저스

좋은 말이든, 나쁜 말이든, 세상 사람의 입에 가장 적게 오르는 사람이 가장 행복하다.

제퍼슨

추악한 소문을 들추어내는 사람은, 그가 단지 언제 그러한 일을 그만 두어야 하는가를 안다면, 때때로 사회의 안녕과 복지를 위해서 있어야 할 존재다.

루즈벨트

누구의 말에도 귀를 기울이고, 누구를 위해서도 입을 열지 말라.

셰익스피어

피부를 너무 긁으면 피부가 상하는 것과 같이, 말이
너무 많으며 마음을 상하게 한다.

러시아 격언

인간은 눈이 둘이지만 혀는 하나이다. 이것은 말하는 것의 두 배를
보기 위해서다.

콜튼

한 쪽 말만 들으면, 친한 사이가 멀어지기 쉽다.

명심보감

입은 곧 마음의 문이니 입 지키기를 엄밀히 하지 않
으면, 모든 진정한 기밀이 새어나가리라.

채근담

잡담자는 너에게 다른 사람에 대한 이야기를 하는 자(者)이며, 지루
하게 하는 자(者)는 너에게 자기 이야기를 하는 자이고, 훌륭한 대
화자는 너에게 너에 대한 이야기를 하는 자이다.

L. 커크

소문이라는 것은 한 번 다른 사람의 흥미거리가 되고
나면, 그때부터 각자의 생각과 연결되어 여러 가지 크
기로 부풀어 오른다.

대망경세어록

자기에 대해서 많은 말을 하는 것은, 자기를 숨기는 하나의 수단이
되기도 한다.
니이체

　　　사람은 잠자코 있어서는 안될 경우에만 말해야 한다.
　　　그리고 자기가 극복해 온 일에 대해서만 말해야 한
　　　다. 다른 말들은 모두 쓸데 없는 말들이다.
　　　니이체

　　　폭풍우를 불러 일으키는 것은 가장 조용한 말이다.
　　　니이체

마땅히 말해야 할 때에 말을 하지 못하는 사람은, 발전할 수 없는 사
람이다. 마땅히 말하지 말아야 할 때 말하는 것을 참지 못하는 사람
은, 처세(處世)의 요결(要訣)을 모르는 사람이다. 마땅히 말해야 할
때 말하는 사람은 용기를 가진 사람이요, 마땅히 말해선 안될 때 참
지 못하는 사람은 바보나 다름없다.
스마일즈

　어느 한 사람이 많은 사람이 있는 큰 건물에서 거짓으로 불이야! 하
고 외치면 사람들은 혼란에 빠져 뜻하지 않는 불상사가 생기기 쉽다.
입으로 인해서 생기는 해독은 참으로 크다. 잘못된 말로 인한 해독이
눈에 보이지 않더라도, 말로 인한 해독이 큰 일화는 얼마든지 있다.
서양 격언

먼저 생각하라! 그 다음에 말을 하라! 그리고 사람이 싫증을 내기 전에 말을 멈춰라! 인간은 말을 함으로써 동물과 다르다고 한다. 그러나 만약 그 말이 도움이 되는 점이 없으면 동물보다도 못한 것이다.

페르샤 격언

침묵이야말로 거짓이 없는 기쁨의 표현이다. 나는 이만큼이나 행복하다고 말하는 사람은, 별로 행복하지 않다는 말과 같다.
셰익스피어

인간은 생각하는 것이 적으면 적을수록, 더욱 말이 많다.
몽테뉴

거절하는 데는 많은 말을 할 필요가 없다. 상대는 다만 '안된다'는 한 마디만 들으면 되기 때문이다.
괴테

웅변의 목적은 진리가 아니라 설득이다.
미코올리

좋은 말을 한다는 것은 하나의 선행이긴 하지만, 좋은 말은 행동이 따라야 한다.
셰익스피어

논쟁에는 귀를 기울여라. 그러나 논쟁에 끼어들지 않도록 하라. 아무리 작은 말이라 할지라도, 노여움이나 격정이 일어난다는 것을 경계하라.

고리키

진정한 웅변은 필요한 것을 전부 말해 버리지 않고, 필요하지 않은 것을 일체 말하지 않는 데에 있다.

라 로슈프코

마음대로 말하는 사람은 있어도 정확하게 말하는 사람은 드물다.

브라운

입—남자에게는 영혼의 출입구이며, 여자에게는 마음의 출구.

비어스

말을 해야 할 때를 아는 사람은 침묵을 지켜야 할 때를 안다.

아르키메데스

웅변의 최대 비결은 열정에 있다.

리튼

총에 맞은 상처는 치료할 수 있어도, 말로 얻어맞은 상처는 고치기가 힘들다.

페르시아 속담

웅변가들은 공명심에 쫓기기 쉽다. 왜냐하면 웅변은 그들 자신에게도 또한 타인들에게도 예지로 보이기 때문이다.

홉스

악(惡)에 대해서는 침묵으로 대응하라.

석가

웅변은 지식의 어린아이다.

디즈레일리

남을 속이는 말로 재물을 모으는 것은 죽음을 구하는 일이다.

구약성서

많은 것을 듣고, 적게 말하라.

서양 속담

완고한 사람이 의견을 고집하는 것이 아니라, 의견이 완고한 사람을 잡고 놓아주지 않는 것이다.

포우프

철학상의 여러 가지 논쟁도, 구체적인 결과를 따져서 생각하는 아주 간단한 테스트를 해보면, 얼마나 많은 논쟁이 의미없는 것이 되어 버리는가! 이것은 참으로 놀랄만한 일이다.

윌리엄 제임스

모든 위대한 진리는 처음에는 모독의 말로써 명제화 된다.

버나드·쇼

말을 앞세우고 달콤하게 말하는 사람은 덕을 어지럽히기 쉬운 사람
이고, 얼굴에 지나친 애교와 지나치게 다정한 웃음을 띄우는 사람
은 믿음직한 사람이 아니다.

논어

자기가 하는 말을 듣게만 할 것이 아니라, 이해를 시켜야 한다. 즉 기억
력과 지성(知性)과 상상력이 동등하게 조화를 이루고 있어야 한다.

쥬베르

유머의 출처는 기쁨에 있는 것이 아니다. 언제
나 슬픔에서 나온다. 따라서 천국에는 유머가
없다.

마크 트윈

침묵은 견딜 수 없는 상황에 재치 있는 임기응
변의 즉답이다.

체스터톤

말로 죄를 범하는 일이 없도록 하라. 언제나 말을 조심하라.

성서

하나의 거짓말을 한 사람은 이것을 유지하기 위하여, 다시 스무 개의 거짓말을 생각해 내지 않을 수 없다.

포우프

거짓을 말하면 지옥에 떨어진다. 거짓말을 하고도 하지 않았다 하면 두 개의 죄를 함께 받나니, 제 몸이 지옥에 떨어진다.

법구경

가장 지독한 거짓말은 이따금 침묵 속에서 행해 진다.

스티븐슨

어린아이와 바보는 거짓말을 하지 못한다.

헤이우드

악담은 악행과 같다.

버나드 • 쇼

아부하며 찬사를 말하는 자에겐 돈이 들지 않지만, 대부분의 사람은 아부와 찬사에 대해서 대금(大金)을 지불한다.

T. 플러

입에 꿀을 가진 벌은
꼬리에 침을 가지고 있다.
쉘리

프랑스인은 알든 모르
든 상관하지 않고 떠벌
인다. 그러나 영국인은
말을 하지 않아도 좋을
때는 입을 열지 않는다.
사무엘 존슨

소리를 내지 않는
사람은 위험하다.
라 퐁테이느

말이 수다스럽고 생각이 많을수록 점점 더 어긋나는 것이며,
말이 없고 생각을 쉬면 이처럼 평온한 것이 없다.

청담조사(靑潭祖師)

아부—악덕의 시녀.

키케로

가장 뛰어난 사람일수록 말수가 적은 법이다.

헤세

인간은 과격한 말을 늘어놓는 사이 그 힘에 조정되기 마련이다.

대망경세어록

'유머'와 '연민'은 좋은 인생의 조언자이다. 유머는 웃음을 띠고 인생
을 사랑하게 하고, 연민은 눈물을 머금고 인생을 신성하게 만든다.

아나톨 프랑스

어리석은 사람은 자기 혓바닥을 억제하지 못하다.

초서

말은 인간적이요, 침묵은 신성함이다. 따라서 우리는 두 가지 기술
을 모두 배워야 한다.

카알라일

말은 마치 총알이 날아가듯이 세상 속으로 멀리, 아주 멀리 전달되어진다.

J. 콘래드

아무런 근거도 없는 스캔들은 없었다고 믿는다.

셸리단

사람은, 말을 너무 적게 한데 대해 뉘우치는 일은 없지만, 말을 너무 많이 했다고 뉘우치는 일은 흔히 있다.

P. D. 코민

세상에서 가장 어려운 일 중 하나는, 모든 사람이 생각하지 않고 말하는 것을, 생각하면서 말하는 것이다.

알랭

나에게 여러 가지의 질문을 하지 말라. 그러면 나는 너에게 최소한 거짓말을 하지 않을 것이다.

스미드

나는 이 사전 편찬에 그처럼 몰두했으나, 언어는 대지의 딸이며, 사물은 하늘의 아들이라는 것을 잊지는 않았다.

S. 존슨

만나서 직접 말하는 것이 악감정을 해소하는 데에, 가장 좋은 방법
이다.
링컨

사람의 인격은, 언제나 그 사람의 말에 의해서 드러난다.
메난드로스

들으려 하지 않는 사람에게 말하기를 좋아하는 사람은 없다. 화살은
결코 돌에는 꽂히지 않는다. 말은 언제나 말을 한 사람에게 돌아간다.
성 제롬

악인도 선(善)한 말을 한다.
G·허버트

몇 마디 말에 많은 뜻을 담고, 말은 간단하게 하라.
경외경

때때로 달콤한 말 속에는 무서운 독이 숨겨져 있다.
E. 홀

말을 삼가할 줄 모르는 사람은, 말을 할 줄 모르는 사람이다.
T. 플러

한 발을 한 번 헛딛으면 금방 일어설 수 있지만,
한 번 헛나온 말은 결코 되돌릴 수 없다.
T. 플러

어떤 사람에게 말을 할 때는 그의 눈을 보고, 그가 말을 할 때는 그의 입을 보라.
프랭클린

생각은 사려 깊게, 말은 매끄럽게 하라.
애멈즈

말을 조심하라, 벽에도 귀가 있다.
셸리

발설되지 않은 말은 어떠한 해독도 주지 않는다.
C. A. 디너

잔인한 말은 바퀴를 타고 굴러가고, 모든 사람의 손은 구를 때마다 바퀴에 기름을 바른다.

위다

거짓말로 사람을 기만하는 것이 악의(惡意)의 천성이다.

키케로

나쁜 소문은 좋은 소문보다 더욱 빨리 퍼진다.

T. 키드

한 마디 말로 하는 타격이, 칼로 한 번 휘두르는 것보다 더 깊이 찌른다.

R. 버튼

인간 사이에 소문보다 더 빠른 것은 없다고 믿는다.

플라우투스

간단한 말이 때로는 많은 지혜를 내포한다.

소포클레스

인간은 말하는 것과 생각하는 것이 서로 다르기 쉽다.

푸블릴리우스 시루스

회초리로 때리는 것은 피부에 흔적을 만들지만, 말로 치는 것은 뼈를 부서지게 한다. 많은 사람이 칼날에 의해 쓰러졌지만, 말에 의해서 쓰러진 사람만큼 그렇게 많지는 않다.

경외경(經外經)

침묵은 진실의 어머니이다.

더즈레일리

당신이 천한 행동을 싫어할수록 말의 방종을 조심해야 한다.

키케로

악한 말은 어리석은 자의 머리속에서 잠잔다.

셰익스피어

훌륭한 말을 쓰기 전에, 그 말을 쓸 장소를 발견하라.

쥬베르

말은 칼보다 날카로운 무기이다.

포킬리데스

혀는 뼈가 없지만, 뼈를 부러뜨릴 수 있다.

J. 위클리프

행동은 말의 거울이다.

솔론

만약 침묵을 지키는 힘과 다변증이 가져오는 힘이 반반이라면, 인간이 하는 일은 좀 더 행복해 질 수 있을 것이다.

스피노자

군자는 말이 적은 것을 귀히 여길 것이며, 반드시 다른 사람의 단점을 말하는 데 조심해야 한다.

명심보감

행동이 충실하지 않은 곳에 말이 필요하게 된다.

법구경

우리가 정말 영원히 이별해야만 한다면, 단 한 마디라도 상냥한 말을 해 주세요. 그래서 내 가슴이 찢어지도록 아플 때면, 언제나 그 말을 생각하고 위로할 수 있도록 말이에요.

T. 오트웨이

말이 많은 사람은 어리석은 말도 많이 한다.

코르네이유

우리가 다른 사람의 언행(言行)에 신경을 쓰지 않는다면, 우리의 마음은 무척 평화로울 것이다.

토마스 아 켐피스

다른 사람과 토론을 할 때 격렬한 말을 쓰는 사람이 있다. 격렬한 말
은 논리가 박약하다는 것을 나타내는 것밖에 되지 않는다.

위고

바른 말은 귀에 거슬리는 법이다.

한비자

마음이 불평하면,

입은 서투르게 복종한다.

볼테르

건강한 귀는 병든 말을 듣고도 참을 수 있다.

세네갈 격언

이따금 인간은 말을 하다보면

아주 뜻밖의 말을 지껄이는 법이다.

대망경세어록

우리가 알고 있는 유일한 법칙은,

언제나 신사라고 말하고 있는 사람은,

결코 신사가 아니라는 것이다.

R. S. 서티즈

개는 잘 짖어야 좋은 놈이고, 인간은 말을 잘해야 똑똑한 사람이다.

장자

기회가 주어지고 친구와 사귀고 자기의 말을 하는 것이, 혼자서 자기의 정신을 연구해서 이용하는 것보다, 더 많은 것을 정신에서 끄집어 낼 수 있다.

몽테뉴

어려움에 닥쳐서는 타인의 충고를 믿지 말라.

이솝

인간의 입에서 튀어 나오는 말이 반드시 마음 속에 있는 그대로를 말한다고는 할 수 없는 것이다.

대망경세어록

만약, 한 사람을 제외한 전 인류가 똑같은 의견이고, 그 단 한 사람만이 반대 의견을 가지고 있다 해도 전 인류가 그 한 사람을 침묵시키는 것이 잘못된 것이라면, 만약 그 한 사람이 권력을 잡았을 때, 전 인류를 침묵시키는 것도 잘못된 것이다.

밀

인간의 말에는 언제나 표리(겉과 속)의 의미가 있다.

대망경세어록

61

사람에게는 무언가 말을 하지 않고는 견딜 수 없는 때가 있는 것이다.

대망경세어록

언제나 내 입을 잘 지키자. 화(火)나는 마음에서 잘 지키자. 추한 욕설을 멀리 떠나서 법다운 말을 입으로 익히자.

법구경

인간은 언어에 의해서만 인간이 된다.

시타인

모든 말한다는 것 중에는 약간의 경멸이 포함되어 있다. 생각컨대 말이라는 것은 평균적 중간쯤의 것, 말을 좋아하는 것을 위해서 창조된 것이다.

니이체

내 말을 믿어라! 가장 큰 사건은 우리의 가장 시끄러운 때가 아니고 우리의 가장 조용한 때에 일어 난다는 것을!

니이체

마음에도 없는 말을 하기보다는, 말을 하지
않는 것이 오히려 사교성을 손상시키지 않
을 것이다.

몽테뉴

말은 그 자체가 문명이다. 말은 아무리 반박하는 말일지라도 관계를
유지시켜 준다. 인간을 고립시키는 것은 침묵이다.

토머스·만

말은 진정 가면(假面)이다. 말은 좀처럼 진실한 의미(意味)를 나타
내지 않는다. 사실 말은 진실한 의미를 숨기는 경향이 있다.

헤세

눈썹과 눈, 그리고 안색은 자주 우리를 속인다. 하지만 가장 우리를
속이는 것은 말이다.

키케로

말하는 사람의 마음은 한결 같건만, 듣는 사
람의 귀들은 서로 다르다.

지눌

필요한 것 이상으로 말하지 말라.

R. B. 세리틴

모든 문제가 다 대답할 가치가 있는 것은 아니다.

푸블릴리우스 시루스

모든 말은 생각을 걸어 두는 옷걸이이다.

H. W. 비처

언어는 인류의 기억이다. 언어는 모든 시대를 통해 각
시대를 하나로 공통되게 하고, 연장되게 하며, 전진하
게 하는 매개체로써 인류 역사의 신경과도 같다.

W. 스미드

권태로운 인간이 되는 비결은 무엇이건 마구 지껄이는 것이다.

볼테르

말도, 아름다운 꽃과 같이 그 색깔을 지니고 있다.

E. 리스

사람의 말은 언제나 그들의 행동보다도 훨씬 대담하다.

쉴러

말은 인간을 인간에게 숨기기 위해서가 아니라, 마음을 터놓게 하
기 위해서 만들어 졌고, 말은 서로가 배반하기 위해서가 아니라, 관
계를 발전시키기 위하여 만들어졌다.

D. 로이드

누군가는 최후의 말을 해야 한다. 최후의 말(結語)이 없으면, 모든 의논(議論)은 다른 사람에 의해 뒤바뀔 수 있고, 우리는 의논을 결코 끝낼 수 없을 것이다.

카뮈

통렬한 농담이 너무나 진실에 가까운 경우, 그 배후에 날카로운 가시를 남긴다.

타키투스

말은 마음의 지표(指標)요, 거울이다.

로버트 슨

언어를 정화하고 풍요롭게 하는 일은 선택받은 사람들의 일이다. 풍요롭게 하는 일을 동반하지 않는 정화는 참으로 어리석은 일이다.

괴테

언어는 수많은 귀중하고 치밀한 사상이, 완전하게 파묻혀 보존되어 온 호박(琥珀)이다.

R. C. 트렌치

진실한 말은 간단하다.

아에스킬루스

아첨하는 자는 그대보다 열등한 사람이거나, 열등을 가장하는 사람이다.

아리스토텔레스

모든 언어는 그 사용자의 넋이 간직된 사당(祠堂)이다.

홈즈

말은 생명의 영상이다.

데모크리투스

가장 좋은 말이란 가장 조심스럽게 억제된 말이다. 가장 좋은 이야기란 가장 조심스럽게 다루어진 이야기일 뿐이다.

아라비아 격언

진실된 타인의 말은 우리를 손상시키지 않는다.

라 로슈프코

말은 혀로 하는 것이 아니고, 머리로 해야 한다.

아메브리

돌처럼 냉정한 행동을 하면서, 비단같이 부드러운 말을 하지 말라.

타미르족의 격언

항상 가장 강한 자(者)의 말이, 가장 옳은 말이 된다.

라 폰티느

위트를 지녔다면, 사람을 기쁘게 하기 위해서 사용하고, 사람을 손상시키기 위해서 사용하지 말라.

체스터피일드

여자는 아부에 의해서는 결코 무장 해제 당하지 않지만, 남자는 대개 무장 해제 당한다.

와일드

웅변은 사상을 그림으로 그린 것이다. 그린 후에 다시 붓질을 하는 자는 초상화가 아니라, 상상화를 그리는 것이다.

파스칼

변명은 뒤집어 놓은 이기심이다.

홈즈 1세

험담은 담배 피우는 사람들의 불결한 담뱃대에서 나오는 연기와 같은 것이다. 험담은 흡연자의 나쁜 취미를 드러내는 것에 불과하다.

엘리어트

비통한 사람을 괴롭히는 모든 슬픔 중에서 가장 뼈 아픈 것은, 모욕적인 농담이다.

존슨

고통을 주는 농담은 농담이 아니다.

세르반테스

농담은 매우 진지한 것이다.

처어칠

여자가 있는 곳에서는 아무 말도 하지 않는
것이, 은근한 함축성이 있어서 더 좋다.

올커트

농담이 번성하는 이유는 그것을 말하는 사람의 혀에 그 원인이 있
는 것이 아니라, 그것을 들어주는 사람의 귀에 원인이 있다.

셰익스피어

농담하는 태도는 헤프거나 지나치게 하지 말고, 우아하며 재치 있
게 해야 한다. 농담에는 두 가지가 있다. 하나는 야비, 무례, 추잡한
것과   다른 하나는 고상, 우아, 현명하며 재치가 있는 것이다.

키케로

성공은 다음 세 가지 일에 달렸다. 누가 말하는
가? 어떻게 말하는가? 무엇을 말하는가? 이 셋
중에서 무엇을 말하는가?가 가장 중요하다.

몰리 자작

인간의 첫째 의무는 말을 하는 것이다. 이것은 이 세상에서 인간의
주요 업무이다.

스티븐스

현명한 사람은 위험한 순간에 말보다 사색에 몰두한다.

J. 셀든

웅변은 우리가 말하는 상대방이 기쁨을 가지고
화제를 경청하도록 이야기를 하는 기술이다.

파스칼

강하게 되려면 말의 기술자가 되라. 사람의 힘은 말(言語)이며, 말(言語)은 어떠한 전투보다 위력이 있기 때문이다.

이집트 격언

열정적 웅변이 도움이 되지 않을 때, 순수한 침묵이 오히려 상대방을 설득하는 경우가 있다.

셰익스피어

신(神)이 인간에게 하나의 혀와 두 개의 귀를 준 것은, 우리가 말하는 것보다 다른 사람의 말을 두 배로 많이 들으라는 뜻이다.

에픽테토스

반드시 말을 잘하는 사람이 성공(成功)
한다고 볼 수는 없다.

힐티

대체적으로 현명하지 못한 사람은, 자기의 힘이 미치지 못하는 일에 대해서 나쁘게 말한다.

라 로슈프코

한 마디도 헛되이 받아들이지 않고, 감탄도 핀잔을 주는 일도 없이 단지 열심히 귀를 기울이는 사람에게 한 마디도 소홀함이 없이, 그 사람의 마음 속에다 자신의 탐구를, 고민을 털어놓는 일은 얼마나 행복한 것인가!

헤세

변명은 보호받는 거짓말이다.

스위프트

누구의 말에나 귀를 기울이되 네 의견은 삼가라. 이것은 남의 의견은 들어 주되, 시비는 삼가하라는 말이다.

세익스피어

어떤 사람과 대화를 하게 되었을 때 가장 먼저 생각해야 될 것은, 그가 당신의 말을 몹시 듣고 싶어 하는가, 아니면 당신이 그의 말을 들어야만 하는가 하는 것이다.

스틸 경

부자의 농담은 항상 성공적이다.

스미드

대화는 겸손하고 부드럽게 하라. 그리고 부탁하노니 말수를 적게 하라. 그러나 말을 할 때는 요령 있게 하라.

W. 펜

경쟁심이나 허영심이 없이 다만 고요하고 조용한 감정의 교류만이 있는 대화는 가장 행복한 대화이다.

S·존슨

모든 대화는 진지하게 하라.

T·캔

웅변은 사람을 울리고 귀신도 고무시킨다.

아리스토텔레스

단조로운 이야기를 반복하는 것은 정말 진절머리 나는 일이다.

호메로스

화술에 좋은 첫째 요소는 진실, 둘째는 양식, 셋째는 호감, 넷째는 재치이다.

체홉

대화는 배를 타는 것과 같다. 모르는 사이에 육지에서 멀어진다. 그리고 무척 멀어진 다음에야 현실을 깨닫는다.

샘포르

대부분 자신을 가장 높이 생각하는 사람은, 말이 없는 사람이다.
W. 해즐리트

여자에게 침묵은 훌륭한 보석이지만, 여자는 침묵의 보석을 끼지 않는다.
T. 플러

인생에 있어서 가장 훌륭한 것은 대화이다.
에머슨

현명하고 세련된 대화는 문화인의 최고의 꽃이다…… 대화는 우리 자신을 드러내는 것이다.
에머슨

훌륭한 대화에서의 상대들은 말로 이야기하는 것이 아니라, 마음으로 이야기 한다.
에머슨

말없는 가운데 강한 호흡이 있고, 멀리 떠나 있어도 심장의 박동을 함께 하는 세계—얼마나 아름답고 신비로운 인생인가!
법구경

진실한 말에는 꾸밈이 없고, 꾸미는 말에는 진실이 없다.
노자

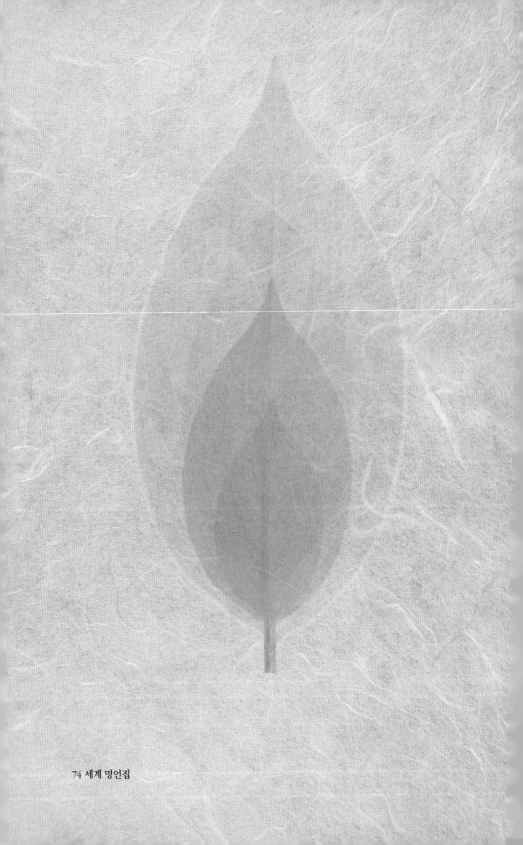

조심스러운 혀는 최고의 보물이고, 적당히 움직이는 혀는 최대한의
기쁨을 준다.
헤시 오도스

진정한 웅변은 칭찬에 대해서 철저히 침묵을 지
킨다.
불워 리튼

말하는 사람은 씨를 뿌리는 것이고, 침묵을 지키는 사람은 열매를
거두어 들인다.
J. 레이

일반적으로 불평을 늘어놓는 사람에 돌아가는 것
은 동정이 아니라, 경멸이다.
S. 존슨

충고—흔히 이것은 하나의 지배욕, 또는 자기의 우월성에 대한 지위
적 요구를 가장한 것에 불과한 경우가 있다.
법구경

말이 시(詩)가 되기 위해서는 정신의 숨결로 뜨거
워지든가, 마음의 허덕임으로 차가워져야 한다.
쥬베르

교묘한 말로 꾸미는 얼굴에는 어진 얼굴이 드물다.

공자

남에게 자신의 이야기를 하지 말라. 그 대신 그들로 하여금 그들 자신에 관하여 이야기하게 하라. 여기에 기쁨의 모든 기술이 있다. 사람마다 이것을 알면서도 실행하지 않고 있다.

공쿠르

마음이 슬픈 사람에게 농담을 이야기 하기는 어렵다.

A. 티블루스

윗사람과 말다툼해서는 안된다. 당신에 대한 판단을 조용히 들어주도록 하라.

워싱턴

유머는 마음의 하모니이다.

제롤드

농담을 말한 자가 스스로 웃어 버리면, 농담은 모든 것을 잃어버린다.

쉴러

당사자가 둘이 있을 때, 한쪽 말만 듣는 사람은 반쪽만 듣는 것이다.

아에스킬루스

쓸데없는 잡담만큼, 태만(怠慢)을 찬란하게 꾸미는 것은 없다. 사람들은 잠자코 있을 수가 없는 법이다. 태만 때문에 생기는 답답증을 풀기 위해서는 잡담이라도 해야지, 그렇지 않고서는 견디지 못하는 것이다.

톨스토이

말이 많은 자는 실행이 적다. 성자(聖者)는 항상 그 말에 실행이 따르지 않을까 걱정한다. 행동이 그 말과 일치되지 않음을 두려워 하기 때문에, 성자는 헛소리(空言)를 절대로 하지 않는다.

중국 격언

어리석은 자를 닮지 않기 위해서는 어리석은 자의 말에 대답하지 말라.

톨스토이

어리석은 자는 천사도 두려워서 못들어가는 곳을 밀고 들어가는 법이다.

페르시아 격언

항상 침묵 속에 있는 자는 신(神)에 가까이 되기가 쉽다. 그러나 입이 가벼운 자는, 그 입을 쓸데없이 놀리고, 그 뒤에 고독과 초조를 느낀다.

톨스토이

말은 마음의 열쇠이다. 아무짝에도 필요 없는 회화(會話)는 모두 부질없는 낭비다. 홀로 있을 때에는 자신의 죄를 생각하라. 사람들과 함께 있을 때에는 다른 사람의 죄를 잊으라.

중국 격언

충분한 확신이 서지 않는 것을 완고히 주장하지 말라. 사람들로부터 들은 것을 가볍게 받아들여 믿지 말라. 어떤 사람이 단점을 가졌다 하여 멸시하지 말라.

톨스토이

어느 날 야회(夜會)가 벌어졌다. 모임이 거의 끝날 무렵 손님의 한 사람이 인사를 하고 돌아갔다. 그러자 뒤에 남은 사람들은 그 사람을 비방하기 시작했고, 여러 가지로 악담을 하였다.

두 번째 돌아간 사람에게도 같은 악담을 하였다. 이렇게 하여 손님들이 모두 돌아가고 세 사람만이 남았다. 세 명 중 한 사람은 말하였다. "미안하지만 재워줄 수 없을까요, 먼저 돌아간 사람들의 악담을 듣고, 나도 같은 악담을 듣게 될까 두려워 돌아갈 수 없기 때문입니다."

톨스토이

성자(聖者)는 어떤 사람의 말에 의하여 그 사람의 가치를 판단하는 일은 없다. 또한 하잘것 없는 사람이 말했다고 해서 그 말을 가벼이 하는 일도 없다.

중국 격언

인간의 말은, 그 사람의 두뇌 속에서 일어나는 사상(思想)을 번역하는 데는 가치있는 무기(武器)이다. 그러나 진정한 깊은 감정의 영역에 있어서, 그 번역력은 너무나 약하다.

코시우트

part 3

침묵(沈黙)에 대하여

Analects of the World

인간은 그가 말하는 것에 의해서 보다는, 침묵하는 것에 의해서 더욱 인간 답다.

까뮈

자기의 의무를 감당하고 견디며 침묵을 굳게 지키고 있는 것은 중상모략에 대한 최상의 대답이다.

워싱턴

그대의 삶에 있어서 말이나 생각 따위는 한낱 사치스런 도구에 지나지 않는다. 모든 번잡한 잡념을 잊고 명상에 잠겨보라.

브하그완

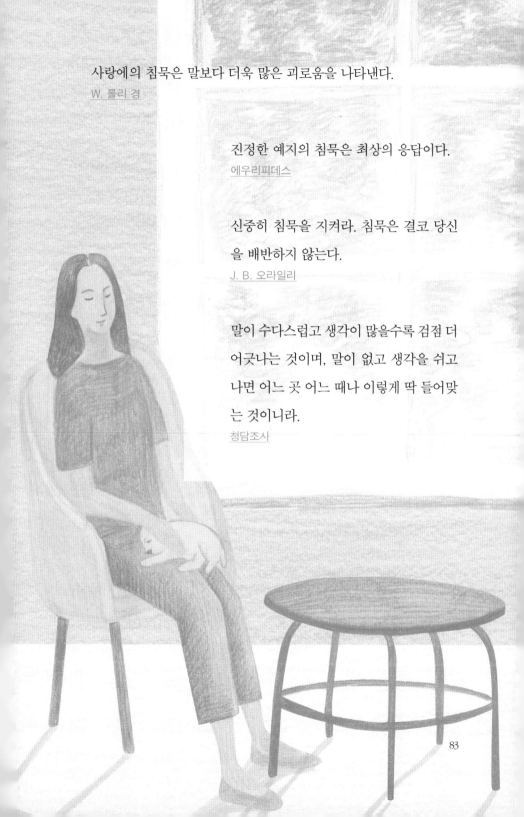

사랑에의 침묵은 말보다 더욱 많은 괴로움을 나타낸다.
W. 롤리 경

진정한 예지의 침묵은 최상의 응답이다.
에우리피데스

신중히 침묵을 지켜라. 침묵은 결코 당신을 배반하지 않는다.
J. B. 오라일리

말이 수다스럽고 생각이 많을수록 점점 더 어긋나는 것이며, 말이 없고 생각을 쉬고 나면 어느 곳 어느 때나 이렇게 딱 들어맞는 것이니라.
청담조사

조용히······ 위대한 것에 대해서는 — 나는 위대한 것을 보는 것이다! 사람은 침묵하든가 혹은 위대하게 말해야 한다. 위대하게 말하라. 내 황홀한 지혜여!

니이체

세상을 정지시키는 침묵 속에서 행복은 꽃이 핀다.

브하그완

사람이 잘 이야기할 수 있는 재능을 지니지 못했으면, 침묵을 지킬줄 아는 지각이라도 있어야 한다. 둘 중 하나라도 갖고 있지 않으면 그 사람은 불행한 사람이다.

라 브뤼에르

집념이 강한 복수는 깊은 침묵의 딸이다.

알피에리

무언(無言), 또는 침묵을 주의하라. 이것은 일반적으로 그 실제보다 그 결과를 과장하는 일이 많다.

법구경

침묵은 자기자신을 신용할 수 없는 자에게는 가장 안전한 장치다.

라 로슈프코

적은 말로 많은 것을 이해시키는 것이 대인(大人)의 특징이라면, 소
인(小人)은 많은 말을 하면서도 조금도 이해시키지 못하는 천부의
재능을 가지고 있다.
라 로슈인프코

허영심은 많은 말을 하게 하고, 자존심은 침묵하게 한다.
쇼펜하우어

실수를 변명하면 그 실수를 돋보이게 할 뿐이다.
셰익스피어

침묵은 현명한 자의 지혜이며, 현명한 자의 덕이다.
보나르

성실하게 사랑하며 조용히 침묵을 지켜라!
성실한 사랑은 많은 말을 필요로 하지 않는다.
프리드리히 쩨에라인

깊은 사랑은 침묵을 재촉한다. 큰 소리로 자랑스럽게 지껄이는 사람
에게는 숭고한 사랑이 깃들어 있지 않다.
아우구스트 랑바인

최후의 침묵, 어떤 사람들은 보물의 발굴자와 똑같은 눈을 만난다. 그들은 우연히 다른 사람의 영혼에 숨겨져 있던 사물을 발견하고, 거기에 대해서 왕왕 짊어질 수 없을 만큼의 지식을 습득한다. 경우에 따라서는 살아있는 자나 죽은 자의 일에 관해서 너무나 잘 알고 있어 그 내면의 비밀에 통하기 때문에 그들의 일을 다른 사람에게 말하는 것이 고통스러워 진다. 내 뱉은 말만 경솔해지는 것이 아닐까 하고 신경이 쓰인다. ―나는 가장 현명한 역사가의 침묵을 상상할 수 있을 듯한 기분이 든다.

니이체

음침하게 말없는 선비를 만나면, 마음 속을 털어 놓고 말하지 말라,
발끈하여 성 잘 내는 사람이 스스로 좋아하는 것을 보거든 모름지
기 입을 다물어라.

홍자성

어리석은 사람으로 하여금 말을 하지 않도록 하
게 하라. 그러면 그는 현자(賢者)로 통할 것이다.

푸블릴리우스 시루스

침묵은 좀처럼 손해를 주지 않는다.

T. 풀러

침묵이 절정에 달했을 때, 당신은 말해야 한다.
보우언

어리석은 자에 대한 가장 좋은 태도는 침묵(沈默)이다. 어리석은 자에게 말대꾸를 하면, 곧 그 말은 그대에게 되돌아 온다. 비방에 대해서 비방으로 갚는 것은, 타오르는 불 속에 장작을 집어넣는 것과 같은 것이다. 그러나 자기를 비방하는 자에게 평화로운 태도로 대하는 사람은, 벌써 그 사람을 이긴 사람이다.
톨스토이

진정한 창조는 침묵 속에서 이루어진다.
힐티

어느 날 마호멧트와 아리가 어떤 사람을 만났다. 그 사람은 아리를 고자질하는 놈이라 생각하고, 아리에게 욕하기 시작했다. 아리는 그 사나이의 욕을 꾹 참고 침묵을 지키고 있었으나, 나중에는 참을 수가 없어서, 같이 욕하기 시작했다. 그때 마호멧트는 두 사람의 곁을 떠나서, 그 싸움이 끝날 때까지 내버려 두었다.

한참 있다가 아리는 마호멧트의 옆으로 돌아와서, 어째서 그런 무례한 인간의 욕을 나 혼자 참으라고, 나를 남겨 놓고 갔느냐고 불평스럽게 말을 했다. 그리자 마호멧트는 대답했다.

"그 사나이가 자네에서 욕을 하기 시작했을 때, 자네는 잠자코 있었다. 그때 나는 자네 주위에 천 명 가량의 천사(天使)들이 몰려있는 것을 보았다. 그러나 자네가 그 사나이에게 대꾸를 하기 시작하자, 천사들은 별안간 어디론가 사라져 버렸다. 그래서 나도 자네 옆을 떠난 것이다."

코오란

남을 헐뜯거나 비방하려거든 차라리 침묵을 지켜라. 타인에게 욕설을 하지 말라. 그리고 주정뱅이가 술을 끊었을 때나 담배 중독자가 담배를 끊었을 때와 같은 감정을 경험하라. 이것은 특별하고 정결한 감정이다. 그리하여 비로소 여러가지 악습(惡習)에 되돌아가는 일이 없어질 것이다.

톨스토이

침묵을 생활화하라. 남에 대한 말을 꺼낸 때에는 침묵 속에서 거듭 생각한 후에 좋은 말만을 골라서 하라. 그러나 역시 그 말도 침묵보다는 덜하다는 것을 느끼게 되리라.

드라이든

가장 무서운 사람은 침묵을 지키는 사람이다.

호라티우스

침묵은 최후의 승자(勝者)를 낳는다.

러스킨

후회하지 않는 비결, 그것은 바로 침묵을 지키는 일이다.

중국 격언

part 4

자연(自然)에
대하여

Analects of the World

이 세상에서 누가 자연과 같은 색을 칠할 수가 있을 것인가!!

제임스 톰슨

나는 이제까지 계속 토지를 사랑해 왔다. 토지는 언
제나 인간보다 좋은 것이었다. 인간은 일시적으로 소
수의 사람들 밖에 관심을 가질 수 없을 것이다.

헤밍웨이

모질게 비바람이 불 때면 날짐승들도 걱정하고 두려워 떤다. 반대
로 날씨가 화창하고, 바람이 잔잔하면 초목도 생기가 돌고 기뻐한
다. 이 세상에 하루라도 화기(和氣)가 없으면 생존에 지장이 있거늘
하물며 인간이야 더 말할 것이 있으리오.

홍자성

우리들은 자연과 예술을 혼동하는 것에 익숙해졌다. 그 결과 지금까지 한 번도 그림으로 본 일이 없는 듯한 자연 현상은 때때로 매우 부자연스럽게 생각되기도 하고, 자연 그 자체가 자연답지 않게 느껴질 때도 있으며, 또 그 반대로 너무 자주 그림처럼 반복된 자연 현상은 우리들 눈에 평범무미하게 비쳐지기도 하다.

톨스토이

누구 한 사람 아는 이 없는 곳에서 사는 것은 즐거운 일이기도 하다.

헤세

인간은 자연에게 항거하는 때조차 자연의 법칙을 따르고 있다. 자연에 항거하여 작업하려는 때에도 자연과 함께 작업한다.

괴테

자연은 언제나 완전하다. 결코 잘못을 저지르지 않는다. 우리의 입장, 우리의 눈에 잘못이 있는 것이다.

로댕

자연은 인간이, 어른이 되기 전의 순수한 아이이기를 바라고 있다.

루소

생각컨대 인간의 가장 슬픈 잘못은, 자연이 즐겨 베풀어 준 선물의 가치는 어리석게도 잘못 보면서, 반대로 자신의 손에는 닿지도 못할 듯한 재물을 가장 귀중한 것으로 생각하는 것 입니다. 인간은 대지의 품속에 깊숙이 안겨있는 보석이라든가, 바다 저 밑에 깊이 숨어있는 진주를 더 없는 보물로 생각하는 법입니다마는, 만약 자연이 조약돌이나 조개껍질 같이 그것들을 그렇게 흔하게 인간의 발밑에 흩어둔다면 거의 한 번도 거들떠 보지 않을 것입니다.

하이네

숲 속을 거닐 때 마음의 폭이 한없이 넓어지고, 또 한층 더 아름다워진다.

청담조사

모든 개체는 순식간에 자연의 성령 속으로 돌아가 버리며, 모든 개체의 인과 관계는 순식간에 자연의 법칙으로 되돌아간다. 또한 인간의 기억도 순식간에 영원한 심연 속으로 묻혀 버린다.
아우렐리우스

추운 겨울은 어떠한 용사나, 어떠한 현자라도 막지 못한다.
대망경세어록

자연은, 무엇인가 어떤 잘못에 구애되는 일이 없다. 자연 자신은 어떤 결과로 나타나는 것에 구애되는 일이 없이, 영원히 바르게 행동하는 것 외에는 취할 방법을 모르는 것이다.
괴테

그는 시골을 무척 좋아한다. 그런데 사실은 그가 시골이 가장 좋아지는 것은 도시에서 시골에 관해 배우고 있을 때였다.
윌리엄 쿠퍼

자연은 쉬지 않고 움직이며, 일하지 않는 자(者)에게 사형을 선고한다.
괴테

자연은 어느 쪽을 살펴보아도 무한히 계속되고 있다.
괴테

자연을 먼저 터득한 사람은 성인(聖人)이다.

공자

대자연을 찾으라. 비록 선인(仙人)이 되지 않더라도 인생의 참맛을
알게 되리라.

청담조사

자연은 모든 미(美)의 근원이다. 자연은 유일
한 창조자다. 자연에 접근하는 것만으로 예술
가는 신이 계시한 모든 것을 우리들에게 가져
오게 할 수 있다.

로댕

자연에의 연구가 주는 것 이상의 기쁨은 없다. 자연의 비밀은 헤아
릴 수 없을 만큼 깊고, 자연에의 연구는 점점 더 깊이 통찰할 수 있
으며 또한 허용되기도 한다. 그러나 결국 자연에의 연구는 남김없
이 탐지할 수 없다는 것 때문에 되풀이하여 다시 자연에 접근하고,
또 다시 되풀이하여 새로운 통찰과 새로운 발견을 얻고자 시도하게
하는 영원한 매력이 있다.

괴테

당신은 정원사가 없는 자연이 얼마나 아름다
운 질서를 가지고 있는지를 보았는가!

로댕

자연은 강고(强固)하다. 그 걸음걸이는 정확하고
예외가 없으며, 법칙은 불변이다.

괴테

자연은 한낱 사원(寺院)이 아니고 커다란 공장이다. 그리고 인간은 거
기에서 일하는 노동자이다.

투르게네프

자연은, 자연을 파괴하는 인간을 싫어한다.

데카르트

아름다움은 자연이 인간에게 주는 최초의 선물이다.

멜레

자연의 법칙에는 예외라는 것이 하나도 없다.

하버트·스펜서

우주의 삼라만상이 조물주의 손에서 나왔을 때 모든 것은 선(善)이
었으나, 인간의 손에 넘어오면서 모든 것이 부패해졌다.
루소

자연에는 긴급하고 치명적이며, 움직일 수 없는 법칙이 있다. 이것
이 없으면 안된다. 그리고 인간을 둘러싼 천 가지의 혜택이 있다.
로댕

예술은 실수가 있어도, 자연은 결코 실수가 없다.
드라이든

자연은 그 운동에 있어서 휴지(休止)를 알지 못한다. 그리고 모든 무
위(無爲)를 벌한다.
괴테

자연은 결코 우리를 배반하지 않는다. 우리 자신을 배반하는 것은
언제나 우리들이다.
루소

자연의 움직임에 반(反)해서 일어나는 일체의 현상은 불쾌한 것이
다. 그러나 자연의 움직임에 따라서 일어나는 일체의 현상은 언제
나 쾌감을 주기 마련이다.
몽테뉴

나는 노예와 같이 자연을 모방만 하고 있을 수 없다. 자연을 해석해야 하고, 자연을 회화의 정신에 끌어들여야 한다.
마티스

나는 왜 자연과 가까이 사귀는가. 자연은 언제나 올바르며 잘못은 오직 나에게 있기 때문이다. 자연에 순응할 수만 있다면 모든 일은 스스로 자연스럽게 이루어진다.
괴테

자연은 착한 안내자이다. 현명하고 공정하고 그리고 선량하다.
몽테뉴

자연은, 그림의 가장 훌륭한 부분을 그리며, 조각의 가장 훌륭한 부분을 조각하며, 웅변의 가장 훌륭한 부분을 말한다.
에머슨

같은 샘에서 나오는 물은, 심심할 수도 없고, 짤 수도 없다.
T. 플러

자연은 어떤 방법으로도 증가될 수 없고, 감소될 수도 없는 힘의 저장을 지니고 있으며…… 따라서 자연계의 힘의 양은 물질의 양과 같이 영구적이고 불변이다…… 나는 이 일반적인 법칙을 힘의 보존의 원리라고 명명하였다.
헬름홀츠

숲 속의 솔바람 소리와 돌 위의 샘물 소리도 고요함 속에 들으면 모두가 천지자연(天地自然)의 음악임을 알 수 있고, 숲 속의 안개 빛과 물 속의 구름 그림자도 한 가운데서 보면 모두가 천지에서 최상의 문장임을 알게 되노라.

채근담

우주를 지배하는 자연 법칙은, 그대가 보고 있는 삼라만상을 순식간에 변화시켜 버릴 것이다. 그리하여, 그러한 실체로 다른 사물을 만들고, 다시 다른 사물을 만들며…… 그리하여 세계를 언제나 새롭게 할 것이다.

아우렐리우스

자연과 조화된 생활을 하라. 그때 당신은 결코 불행을 느끼지 않을 것이다.

세네카

나는 모든 자신의 책들을 덮어 버렸다. 그 가운데서
오직 한 권만 나의 눈에 펼쳐진 것이 있다.
그건 이 자연이라는 책이다. 이 위대하고 숭고한
책에 의해서 나는 신성함에 봉사하며,
숭배하는 것을 배우고 있다.

루소

아름다움은 감추어진 자연 법칙의 하나이다.
만약 아름다움으로 나타나지 않으면,
그 자연 법칙은 영원히 우리에게 감추어진
것이 되고 말 것이다.
괴테

우주에는 같은 디자이너의 표시가 있다.
따라서 모든 것은, 유일한, 그리고 동일한
존재자에게 귀속되는 것이 아니면 안된다.
뉴우톤

자연이란 불합리한 것의 끊임없는 침입이며,
신의 존재이며, 꾸밈이 없는 아름다움이며,
타고난 선량함이며, 사랑이며,
인생에 있어서 기적적인 것의 일체이다.
샤르돈느

나는 지금 어떻게 하면 애태우지 않고,
봄 다음에 오는 여름을 기다릴까 하고
궁리를 하고 있다. 자연은 애태우지 않는다.
오늘도 성 안의 숲에서는 꾀꼬리들이 좋은
목소리로 울고 있다. 그러나 자연은
언제까지나 꾀꼬리를 울게 놔두지 않는다.
대망경세어록

한 잎의 낙엽도 너울너울 떨어지면서 자연의 한 법칙을 보여준다.

릴케

나의 조그마한 알맹이의 존재여, 활동이여, 우리 다 함께 머리 숙이자. 이 온 자연에 감사 드리자.

법구경

자연은 인간의 가장 합리적인 변명마저도 아랑곳하지 않는다.

크러치

자연은, 자연을 사랑하는 자를 결코 배반하지 않았다.

워즈워드

아름답고 고요한 것이 자연의 이상이다.

제프리즈

자연은 우리에게 지식의 씨앗을 주었지만, 지식 그 자체는 주지 않았다.

세네카

대지는 너의 맨발을 좋아하고, 바람은 너의 머리칼을 흩날리고 싶어 한다는 것을 잊지 말라.

주부란

네가 아무리 자연의 문을 세게 두드려도, 자연은 너에게 알아들을 수 있는 말로 대답해 주지는 않을 것이다.

투르게네프

먼저 피는 꽃의 열매가 먼저 익는 법이다.

셰익스피어

대지는, 신의 들리지 않는 목소리의 얼어붙은 메아리 일 뿐이다.

해이즈먼

자연은 모든 종류의 생물에게 자기 보존의 본능을 부여했다.

키케로

자연스러운 것은 결코 불명예스럽지 않다.

에우리피데스

자연의 책은 지식의 책이다.

스미드

자연은 신의 예술이다.

단테

자연 속에 있는 것 치고, 아름답지 않은 것이란 없다.

테니슨

천지는 만물의 부모다. 천지의 기운인 양과 음이 합하면 형체가 생기고, 흩어지면 본래의 상태로 돌아간다.

장자

만물은 변화하지만 아무 것도 전적으로 없어지는 것은 없고, 물질의 총계는 절대적으로 똑같게 보존된다는 것은 분명하다.

베이컨

자연에는 보상도 없고 벌도 없다. 거기에는 오직 결과가 있을 뿐이다.

잉거솔

자연에는 용서가 없다.

벳티

모든 사물은 불변의 자연 법칙을 따른다.

마닐리우스

자연의 법칙, 즉 인간은 슬퍼하도록 만들어졌다
는 법칙이다.

번즈

자연에서 이탈하는 것은 행복에서 이탈하는 것이다.

존슨

자연은 멸종을 싫어한다.

키케로

나의 조그마한 알맹이의 존재여, 활동이여, 우리 다함께 머리 숙여
서 이 자연에 감사 드리자.

법구경

우리들은 자연 속에서 생활하면서도 자연을 모른다. 자연은 끊임없이
우리들과 말을 나누면서도 우리들에게 그 비밀을 밝히지 않는다. 우
리들은 끊임없이 자연과 상호작용하지만 자연을 어찌할 힘은 없다.

괴테

자연은 끊임없이 창조하며 또 끊임없이 파괴한다.
자연의 공장(工場)에는 누구도 따라가지 못한다.

괴테

이 땅에서는 나의 기쁨이 샘솟고 있다. 태양은 나의 모든 고통을 씻겨 주고—그 자비로운 빛과 함께 따스하게 감싸준다. 나는 이 두 가지로 만족을 느낀다.

괴테

바닷물은 이 지구의 심장의 피이다. 태양이나 달의 기운을 받아 고요해지고, 조수는 지구의 정맥을 수축하고 확장시킨다.

헨리 베스턴

신은 시골을 만들었고, 인간은 도시를 만들었다.

괴테

어떠한 자연 속에서도 아름다움을 발견하지 못하는 자(者)는, 그 마음이 고결하지 않은 것이다.

쉴러

인간이 하는 일은 어떠한 일이든 완벽하지 못하다. 그러나 신이 하는 일은 어떠한 일이든 언제나 완벽하다.

괴테

비가 내리면서 동시에 해가 빛나고 있을 때는,
악마가 마누라를 매질하고 있는 것이다.

프랑스 격언

우주에는 그대의 철학이 몽상하는 것보다 더 많은 것이 있다네.

셰익스피어

하나의 모래알에서 하나의 세계를 보고,
한 송이의 들꽃에서 하나의 천국을 본다.

브레이크

자연에서 숭배의 교정을 배우는 자(者)는 가장 행복한 사람이다.

에머슨

이 세상에서 가장 아름다운 것은 가장 쓸모 없는 것이다. 공작새와 들판의 백합을 보라.

러스킨

지구 같은 물질이나 허공은, 말하고 생각도 못하고 자유나 구속을
느끼지도 못한다. 물질이나 허공은 생명이 아니므로 무엇을 느끼는
마음이 없기 때문이다. 그러나 나는 역시 죽지 않고 살아 있는 생명
이기 때문에 물질과 다르고, 허공과 다른 것이다. 이것이 생명과 생
명이 아닌 것과의 차이다. 아는 마음이 없는 물질이나 허공은, 처음
부터 구속이니 자유니 하는 문제가 논의될 수가 없다.

청담조사(靑潭祖師)

장미꽃이 시든다고 해서, 장미꽃을 좋아하지 말아
야 하는가?

R. W. 길더

모든 강물은 다 바다로 흘러도 바다를 채우지 못
한다.

구약성서

깊은 산, 숲 속에 남몰래 피어있는 한 떨기 꽃, 대지에 마음껏 뿌리
를 박은 이 한 떨기 꽃, 기름진 봄 하늘에서 흘러내리는 햇볕을 마음
껏 받는 이 한 떨기 꽃, 밤이면 작은 별, 큰 별 마음껏 따먹고, 바람과
달빛을 마음껏 즐기고, 맑은 이슬에 마음껏 젖는 이 한 떨기 꽃, 그
리고 혼자 고독 속에서 고독의 광영(光榮)과 아름다움을 배우는 이
한 떨기 꽃. 이 꽃을 배우자.

법구경

꽃들도 사람들과 동물들의 얼굴과 같이 안색과
표정을 가지고 있다. 어떤 꽃들은 미소짓는 것
처럼 보이고, 어떤 꽃들은 슬픈 표정을 가지고
있으며, 또 어떤 꽃들은 생각에 잠긴 것 같기도
하고, 수줍은 것 같기도 하다. 또 어떤 꽃들은
넓은 얼굴의 해바라기나 접시와 같이 소박하고,
정직하며 꼿꼿하기도 하다.

비처

시골 생활이 바람직하다. 거기서는 신의 작품들
을 볼 수 있다. 그러나 도시에서는 인간들의 작
품 밖에는 볼 수 없다.

W. 펜

도시는 얼굴을 가지며, 시골은 영혼을 갖는다.

라크르텔

구름이 가고 구름이 올지라도 허공에는 덜함도 없고, 더함도 없으며, 바닷물이 가고 올지라도 넓은 바다에는 준 것도 없고, 잃은 것도 없다.

혜심

겨울은 영원히 계속되지 않으며, 봄은 자기 차례를 건너 뛰지 않는다. 5월은 4월이 지켜야 하는 약속이며, 우리는 그것을 알고 있다.

볼런드

모든 것은 땅에서 생기고, 땅은 모든 것을 도로 찾아간다.

에우리피데스

나는 한 치의 땅도 소유하고 있지 않지만, 내가 바라보는 자연은 모두 내 것이다.

라컴

태양은 더러운 곳을 뚫고 지나가도 태양은 이전과 같이 순수한 채로 남는다.

베이컨

영원한 변화 이외에는 세상에서 아무 것도 계속되지 않는다.

라킹 후작

모든 새로운 계절은 과거의 토대위에서 성장한다. 이것이 변화의 본질이며 변화의 기본율이다.

볼런드

자연은 낡은 것을 싫어한다.

에머슨

어느 나라에서도 해는 아침에 뜬다.

G. 허버트

가을은 말없이 사라지기 때문에 우리로 하여금 더욱 연민을 느끼게 한다.

브라우닝

강물은 언제나 그 근원에서는 보다 더 깨끗하다.

파스칼

우리들이 오늘 밤 거짓이라고 배척하는 것도 아주 먼 옛날에는 진실이었다.

휘트먼

황혼의 산길을 거닐다가 한 마리 곤충의 시체를 보았다. 들여다보고 또 바라본다. 지금 이 우주의 어느 누구도 이 곤충의 죽음을 아는 이는 없다.
법구비유경

개미 한 마리를 죽여도 이유가 있어야만 한다.
위고

봄은 처녀, 여름은 어머니, 가을은 미망인, 겨울은 계모이다.
폴란드 격언

자연은 지상(至上)의 건축이다. 자연의 일체는 가장 아름다운 균형과 조화로 건설하고 있다.
로댕

지자(智者)는 물을 좋아하고, 인자(仁者)는 산을 좋아한다.
로댕

태양이 비치면 먼지도 빛난다.

괴테

물에서 배우라. 물은 생명의 소리, 존재의 소리, 영원히 생성하는
것의 소리이다.

헤세

이 세계의 모든 것은, 다만 우리들이 보고 있는 것
같은 모양으로서, 우리들에게만 존재하고 있는 것
이다. 말하자면 이 세계는 우리들이 그것을 보고
있는 것 같은 모양으로서만 실재(實在)하고 있는
것이다. 다시 말하자면, 우리들의 외부적 감각에
의해서만, 존재하고 있는 것이다.

톨스토이

두 가지 방법으로써, 우리는 물체가 실재(實在)한다고 생각할 수 있
다. 하나는 어느 장소와 어느 때와의 상호 관계 속에서 그런 물체를
성찰(省察)하는 것이다. 그리고 또 하나는 그런 물체가 신(神)에게
지지(支持)되며, 신의 천성에서 필연적으로 생겨난다고 생각하는 것
이다. 즉, 이 두 개의 방법에 의해서, 진실하며 실재적이라고 생각되
는 물체만이—따라서 그 관념만이—영원하고 무한한 신의 본질을
그 자체 속에 지지하고 있는 것이다.

스피노자

자연(自然) 속에 일어나는 가장 큰 변화는 아무도 모르게 진행되는 법이다. 그 변화는 끊임없이 서서히 성장해 간다. 어느 날 돌발적으로 나타나는 것이 아니다. 정신생활에 있어서도 이와 마찬가지다.

톨스토이

참으로 위대한 것은 서서히 눈에 보이지 않는 성장과 변화 속에서 성취되어 가는 것이다.

세네카

완전(完全)이란 것은 결코 모든 시대에 다같이 있는 것은 아니다. 왜냐하면 모든 시대는 제각기 다른 완전을 가지고 있기 때문이다.

마로리

인생은 끊임없는 기적(奇蹟)이다. 만물(萬物)의 성장(成長)이 어떠한 것인가를 앎으로써, 우리들은 자연(自然)의 비밀 속에서, 가장 깊은 비밀을 알게 된다.

마로리

자연(自然)으로 돌아가라. 자연은 선(善)이다. 인간은 자연에게 더 보탤 것이 없다. 인간의 손은 자연을 더럽힐 뿐이다.

루소

보라, 하늘의 별을! 그처럼 상냥한 눈동자가 또 어디 있겠는가? 보라, 피어나는 꽃을! 그처럼 신선하고 부드러운 웃음이 또 어디 있겠는가? 지나가는 새의 노래는 나에게 무엇인가 이야기하고 있는지도 모른다. 푸른 꽃은 없지만, 나의 마음의 눈은 어느 샘터에서 푸른 꽃잎을 볼 수 있었다. 꽃잎이 하늘거리자, 그 속에서 소녀의 얼굴이 떠오른다. 자연과 신비의 넓은 세계에 눈을 주라, 그것은 물질 세계에 예속된 메마른 마음을 흐뭇히 적셔줄 것이다.

노빌리스

part 5

예술(藝術)에 대하여

Analects of the World

태양은 도덕적이지도 부도덕이지도 않다. 태양은 있는 그대로 존재한다. 태양은 어둠을 정복한다. 예술도 그와 마찬가지다.

로망 롤랑

내가 꿈꾸는 것은, 균형과 순수와 고요함의 예술이다.

마티스

예술은 말을 가지지 않은 시이다.

호라티우스

음악이란 인간의 마음속에 존재하는 위대한 가능성을 인간에게 보이는 것이다.

에머슨

예술을 위한 예술은 한 발 잘못 디디면, 예술 유희설에 빠진다. 인생
을 위한 예술은 한 발 잘못 디디면, 예술 공리설에 빠진다.
아꾸다가와 류 노스께

예술에 있어서만은 재판관이 필요없다. 예술에서는 판결을 내리는 자가 실은 판결을 받아야 할 경우가 많이 있기 때문이다.
루소

문학이나 예술 면에서 실패한 사람이 평론가이다.
디즈레일리

건강한 예술이 되기 위해서는, 모든 사람이 이해할 수 있는 말로 모든 사람에게 말해야 한다.
로망 롤랑

태양이 꽃을 물들이는 것처럼, 예술은 인생을 물들인다.
러버크 경

모든 것은 사라진다. 오래 견디는 예술만이 우리에게 남는다.
T. 고티에

예술은 살아 있는 인류의 역사 자체이다.
콕도

예술이란 인간 생활의 일상적 의미를 예술적 의미로 승화시키는 즉, 인간 의식의 내면적인 갈등에서 아름다움, 즐거움을 찾아내는 노력이다.
청담조사

참고 견디는 것이 아니라 자진해서 하는 것, 이것이 유쾌함의 본질이다. 그러나 사탕같은 것은 입 속에서 녹이기만하면 맛이 있는 것이므로 많은 사람들은 그것과 같은 방법으로 행복을 맛보려다가 실패한다. 음악은 듣기만 하고 스스로 노래하지 않으면 별 재미를 느끼지 못한다. 아름다운 그림도 제 손으로 그린다든가 색칠을 하지 않으면 그다지 재미를 모른다. 따라서 인간의 행복은 탐구하고 노력하는 데에 있다.

아리스토 델레스

인생은 살 가치가 있다는 것이 모든 예술의 궁극적 내용이고 위안이다.

헤세

진실을 다른 사람에게 납득시키는 방법을 알아야 한다.

피카소

예술이란 경험의 양식을 부여하는 것이며, 우리가 그 양식을 알아봄으로써 미학적(美學的)으로 승화된다.

A. N. 화이트헤드

예술이란, 창작자가 그의 작품에 도달하는 길이다.

에머슨

예술가는 보통 사람보다 더 원초적이면서, 더 교양이 있어야 하고, 더 파괴적이고, 더 미치광이면서, 더 제정신이어야 한다.

F. 배런

자연이 예술을 아쉬워하는 일은 결코 없다. 예술은 자연 모습의 복사물이기 때문이다.

아우렐리우스

만약 작가가 사람을 사랑하지 않는다면, 어떻게 다른 사람이 그의 작품을 사랑하겠는가.

카네기

예술가는 고독한 늑대이다. 동료가 그를 황야에 내쫓는 것은 그를 위해서 좋은 일이다. 자기만족은 예술가를 멸망시키는 것이다.

모옴

진정한 예술가는 자기 아내를 굶주리게 할 것이며, 자기자식들을 맨발로 살게 하고, 자기의 70세 어머니도 아들의 생활을 위해 악착같이 일하도록 할 것이며, 불원간 자기 예술 외에는 아무 것도 하지 않게 될 것이다.

버나드·쇼

예술가는 자기 작품 이외의 종교가 필요하지 않다.

E. 허버트

남의 뒤를 따라가는 사람은 결코 전진하고 있는 것이 아니다. 그리고 자기 자신 속에서 창조할 줄 모르는 사람은 남의 작품에서 어떠한 장점도 찾아내지 못한다.

미켈란젤로

예술가는 설령 천재라 할지라도, 교만한 생각에 빠져 있어서는 안된다.

로망 롤랑

예술은 제자가 스승을 모방하는 것처럼, 할 수 있는 한 자연을 모방한다.

단테

예술은 저항이 극복되는 시점에서 저항으로 다시 시작된다. 인간의 걸작품 치고, 커다란 노력 없이 완성된 것은 없다.

지이드

참된 예술 작품은 신비스럽게 태어난다. 예술가의 정신만 살아 있다면 계산이나 이론은 필요없다.

칸딘스키

시에 의해서만 해결될 수 있다.
수수께끼가 어느 곳에나 널려 있다.
톨스토이

웅장하면서도 간결한 예술이란, 예술가에게도 대중에게도 최대의
영향이 있는 것을 전제로 하는 예술이다.
이마엘

예술은 선전의 표상이 아니라, 진실의 표상이라는 것을 잊어서는 안된다.
케네디

예술가의 부류에는 젊은 대담성으로 예술을 지향했으나, 중요한 단계에 이르러서 힘이 미치지 못하는 사람이 많다.
헤세

대개 모든 예술 정신의 근본은 사멸에 대한 공포다.
헤세

예술의 품위는 음악에서 가장 고귀하게 나타나 있다. 음악에서는 제거해야 할 소재가 없기 때문이다. 음악은 형식과 내용만으로 표현하는 일체의 것을 높이고 숭고하게 만든다.
괴테

음악이란 사랑의 언어이다.
시드니 라니에

아름다움의 창조가 예술이다.
에머슨

인생은 짧고 예술은 길며, 세월은 정확하고, 판단은 힘들다.
히포크라테스

새로운 예술은 옛 것을 파괴한다.
에머슨

건물을 볼 때는 세 가지를 주의해 보아야 한다.
건물이 올바른 장소에 서 있는가, 건물이 안전
하게 축조되었는가, 건물이 성공적으로 관리
되고 있는가.
괴테

매우 세련된 예술이라 할지라도, 조금이라도 도덕적 이념이나 이상
에서 이루어진 것이 못되고, 오직 예술 자체의 만족에만 빠져 있다
면, 그 예술은 하나의 오락에 불과할 것이다.
칸트

예술은 인생의 비밀을 간직하고 있다.
와일드

예술가란 언제나 자신에게 귀를 기울이고, 자신의 귀에 들려오는 것
을 마음 한 구석에 솔직하게 적어 놓는 열성 있는 노동자이다.
도스토예프스키

그림은 미리 생각으로 결정하는 것이 아니다. 작업 중에 사상이 변하면 그림도 변한다. 그림은 완성 후에도 보는 사람의 마음 상태에 따라서 계속 변화한다.

피카소

당신이 배우로서 다른 예술보다 먼저 익혀야 할 것은 관찰의 예술이다.

브레히트

예술은 '나'이고, 과학은 '우리'이다.

클로드 베르나르

예술은 세상에 알려진 가장 강렬한 형식의 개인주의이다.

와일드

학식 있는 사람은 예술의 이론을 이해하며, 학식 없는 사람은 예술의 즐거움을 이해한다.

쿠인틸리아누스

모든 예술가는 단지 두 개의 본성만으로 된 것이 아니라, 수백수천의 본성으로 이루어진 사람이다. 예술가의 생활은 두 개의 극단, 예를 들면 본능과 정신, 성인과 방탕자 사이를 왔다 갔다 하고 있을 뿐만 아니라, 수천의 무수한 극단 사이를 이동하고 있는 것이다.

헤세

건축을 미술의 한 대상으로 생각한다면,
장식은 건축의 가장 중요한 부문이다.
J. 러스킨

건축가의 운명은 건축 자체에 그의 모든 마음과 영혼, 정열을 소진
하는 것으로 결정된다.
괴테

예술은 때로 아름다운 것을 추하게 만드는 경
우가 있다. 하지만 패션은 추한 것을 아름답게
만든다.
콕도

배고픈 사람은 음식을 가리지 않는다.
맹자

예술은 자연과 유사하게 보일 때, 예술의 극치를 이룬다.

D. C. 통기누스

성서(聖書)는 교의가 아니라 문학이다.

산타야나

인생은 진지하고 예술은 명랑하다.

쉴러

문학(文學)을 장사로 하지 말라.

S. T. 코울리지

인생은 무척 멋지지만, 이것만으로는 부족하다. 인생에 무엇인가를
주는 것이 예술의 목적이다.

J. 아누이

우리는 종교를 위한 종교, 도덕을 위한 도덕, 예술을 위한
예술을 필요로 한다.

V. 쿠쟁

재능 없는 사람이 예술을 추구하는 것 같이 비극적인 일
은 없다.

모음

예술은 일종의 허위이다. 나는 아름다운 허위를 사랑한다.

톨스토이

특수한 것이 보편적인 것을 대표한다고 하는 것이 참
된 상징이다.

괴테

예술은 인간의 빵은 아니라 할지라도, 적어도 포도주는 된다.

장·파울

매우 세련된 예술이라 할지라도 도덕적 이념(理念)이
나 이상(理想)의 토대 위에서 이루어진 것이 아니고,
오직 예술 자체의 만족에 빠져 버린다면 그러한 예술
은 오직 하나의 예술에 불과한 것이다.

칸트

참다운 예술 작품은 언제나 인간적인 척도에 머문다.

까뮈

진리 때문에 망하지 않기 위해서, 우리는 예술을 갖는다.

니이체

나는 전부터, 예술이나 자연으로부터 풍성한 내적(內的)보물을 구해
왔다. 가는 곳마다 졸고 있는 미(美)를 발견하는 법을 익혔다.
헤세

> 춤은 소녀들을 위한 놀라운 교육이다. 이것
> 은 남자가 춤을 추기 전에 무엇을 하려는지
> 를 짐작하는 법을 배우는 제 1의 방법이다.
> C. 몰리

여자에게 춤을 가르쳐 준 것은 분명히 악마였다.
T. 플러

예술가를 예술가답게 하는 것은 모두 병적인 현상과 친근하며 깊이
엇물려 있다. 이렇게 예술가이면서 병자가 아니라는 것은 불가능처
럼 보인다.
니이체

모든 예술에 있어서 창작의 종착점이란 없다.
헤세

내 곁에 선 사람이 멀리서 들려오는 피리소리를 듣는
데 나에겐 아무 것도 들리지 않는다. 그럴 때 나는 얼
마나 부끄럽게 생각했던가. 이런 일이 거듭되자 나는
절망하여 스스로 목숨을 끊으려고까지 생각했었다. 그
것을 멈추게 한 오직 하나는 나의 음악(예술)이었다.

베에토벤

감정과 의지에서 나오지 않은 예술에는 참된 예술이 있다고 생각되
지 않는다.

괴테

뱀이나 흉한 괴물도 예술로서 그려지면 사람의 눈을 즐겁게 한다.

보아로

과연 저 소녀는 아름답다고 생각하는 것은 네 눈이다.

크세노폰

카메라의 장점은 사진작가를 예술가로 전환시켜
주는 힘이 아니라, 사진작가로 하여금 계속 소재
를 찾으려는 충동을 일으키는 데 있다.

B. 애트킨슨

마치 벌들이 침을 쏘는 데 생명을 바치는 것과 같이, 예술가는 자신의 예술을 위하여 자신을 희생해야 한다.

에머슨

음악은 마음의 상처를 치유해 주는 약이다.

N. 해든

인간이 획득할 수 있는 진리(眞理)치고 음악에서 생기는 진리보다 더 참된 것은 없다.

브라우닝

비평가를 믿기 전에 12월의 장미를, 6월의 얼음을 찾고, 바람이 한결같아 주기를, 등겨 속에 낟알이 있기를 바라고, 여인(女人)과 비문을, 그리고 거짓된 모든 것을 믿으라.

바이런

둘 더하기 둘은 셋이라는 풋나기의 넋두리나, 다섯이라는 비평가의
아우성에도 불구하고, 여전히 넷이다.

J. M. 휘슬

평론가는 언제나 작가에게 이해할 수 없다고 말한다. 그러면 작가는
그것이 내 잘못이냐고 곧잘 대답한다.

J. C. 헤어

평론가가 되려는 사람이 꼭 시인(詩人)이 되어야
할 필요는 없다. 그러나 훌륭한 평론가가 되자면
서투른 시인이 되어서는 안된다.

W. 해즐리트

화가는 자연을 모방하거나 묘사하는 것이 전부가 아니다. 자연 속에
서 그림 속으로 움직여 오도록 작업하여야 한다.

피카소

시인은 여자와 같다. 여자는 출산을 할 때 다시는 남편 곁에서 자지 않겠다고 다짐한다. 하지만 그녀는 어느 사이에 다시 아기를 갖게 된다.

괴테

음악(音樂)은 사나운 마음을 순화시키는 마력이 있다. 그러나 비음악적인 것은 순화시킬 수 없다.

A. 체이스

음악이 지니는 특성(特性)은, 눈물과 추억에 가장 관계가 깊은 예술이라는 점이다.

와일드

일반적으로 비평가들은, 시인(詩人), 역사가, 전기 작가 등이 되었을 사람들이다. 그들은 이런 것들 가운데 이것 저것 그들의 재능을 시험해 보았으나 실패했고, 그래서 비평으로 돌아선 것이다.

S. T. 코울리지

비평이란, 비평가가 예술가의 명성에 자기도 함께 참여하려는 예술이다.

바이런

음악이 없었다면 인간은 커다란 착오를 남겼을 것이다.

니이체

가장 아름다운 예술 작품은 신비함을 지니고 있다.

로댕

음악이 천사(天使)의 언어라 함은 지당한 표현이다.

카알라일

마음속에 음악이 없는 사람, 음악의 감미로운 화음(和音)에 감동하지 않는 사람, 이런 사람들은 배신 · 음모 · 강도질에 유혹되기 쉽다.

셰익스피어

고상한 비평은 음악적(音樂的)인 훌륭한 정원을 가꾸게 하는데, 도움을 준다.

K. 단케비치

다른 사람의 책에 대해서 지나치게 비평적인 사람은 좋지 않다.

마르티알리스

진정한 비평가는 결점보다는 오히려 훌륭한 장점에 대하여 더 유의하여야 하며, 작가의 감추어진 아름다움을 발견하고 세상이 알아둘 만한 가치가 있는 것들을 세상에 전해 주어야 한다.

에디슨

사람은 비난을 제외한 모든 일에 어느 정도의 훈련을 쌓아야 한다. 비평가는 모두가 즉석에서 만들어질 수 있기에.

바이런

화가와 시인은 거짓말을 할 자유를 가졌다.

J. 레이

훌륭한 화가는 자연을 모방하고, 어리석은 화가는 자연을 배척한다.

세르반테스

위대한 화가는 자기의 영혼에 붓을 적신, 자기의 참모습을 그림에 옮긴다.

11. W. 비치

모든 병을 치료하는 음악은 가장 심금을 울리며, 힘을 돋구는 언어(言語)이다.

에머슨

최상의 음악은 최상의 미술과 어깨를 나란히 하여야 한다. 최상의 음악은 다른 어떤 것보다도 인간의 안식에 도움을 주기 때문이다.

스펜서

part **6**

문학(文學)과
시(詩)에
대하여
Analects of the World

문학의 진보, 다시 말해서 사고와 표현의 문학적 완성은 자유의 건설과 자유의 보존에 필요하다.

스탈 부인

문학은 정복된 인생이다.

로망 롤랑

이 굶주린 세대에 시인이 무슨 소용이 있느냐.

횔더린

한 작가가 아직 살아 있을 때, 우리는 그의 가장 못한 작품으로 그를 평가하고, 그가 죽으면 그의 가장 뛰어난 작품으로 그를 평가한다.

S. 존슨

죽은 작가에의 찬양은, 죽은 작가에 대한 존경으로부터 나오는 것이
아니라, 살아 있는 작가들사이의 경쟁과 시기에서 나오는 것이다.
T. 호보즈

예술은 끝없이 사람을 놀라게 하는 무언가를 가지고 있다.
지이드

문학은 나에게 있어 유토피아다. 나는 문학에서 권리의 침해를 당하지 않는다. 어떠한 감각의 장벽도 내 책 동무들의 향기롭고, 우아한 이야기를 가로 막지 못한다. 그 책들은 아무런 거리낌이나, 어색함이 없이 나에게 이야기를 건넨다.

헨렌켈러

만약 좋은 펜과 좋은 잉크와 좋은 종이가 있다면, 문제없이 걸작을 쓸 것 같은 기분이 드는 날이 있다.

지이드

예술가는 그 작품에 종속된다. 작품이 작가에 종속되는 것이 아니다.

노발리스

작가는 진실로 성공을 바라지 않는다. ……그는 자신이 짧은 일생을 가지고 있음을, 또 언젠가는 망각(忘却)의 벽을 통과하지 않으면 안될 날이 올 것임을 알고 있다. 그래서 그는 백년 혹은 천년 후에 누군가가 보게 될 낙서_킬로이(제 2차 세계대전 당시의 미군의 상징적인 신화적 병사), 여기 있었노라──를 남겨 놓기를 바라는 것이다.

헤밍웨이

세상 사람들 모두가 나를 내 책으로 알아도 좋고, 나의 책을 나로 알아도 좋다.

몽테뉴

자기 자신 이외에 아무도 생각나게 하지
않는 것이 작가가 제대로 성숙했는가를 가
늠하는 하나의 척도이다.
M. 매덕스

배우들의 일에는 참견하지 말라.
그들은 총애 받는 계층이기 때문이다.
그들은 흥을 돋구는 즐거움을 주는
무리들이므로 모든 사람들은
배우들을 아껴주며, 보호해 주어야
한다는 것을 잊지 말라.
세르반테스

비극에서는 모든 순간이 영원이고,
희극에서는 영원이 순간이다.

C. 프라이

시인이란, 그 마음속에 남이 알지 못하는 깊은 고뇌를 감추고 있으면서, 그 탄식과 비명을 아름다운 언어로 바꾸는 입술을 가지고 있는 불행한 사람이다.

키에르케고르

음악은 세계의 공통어이며 번역이 필요하지 않다. 음악에서는 영혼이 영혼에게 말을 한다.

바하

세상에서 들을 수 있는 가장 숭고한 시가(詩歌)는, 아이들의 입에 오르는 인간적 생기(生氣)가 도는 혀짜래기 말이다.

V. 위고

시는 숨결이며, 모든 지식의 훌륭한 정수이다. 시는 모든 과학(科學)의 표정 속에 있는 감동된 표현이다.

워즈워드

지능만으로는 작가가 될 수 없다. 책 속에 사람이 있어야 한다.

에머슨

비극은 겪은 자의 마음속에 있지 않고, 보는 자의 눈 속에 있다.
에머슨

시를 이해하고자 하는 사람은 시의 나라를 가야하며, 시인을 이해하
고자 하는 사람은 시인의 나라로 가야 한다.
괴테

시(詩)는 정신적 감성을 통해, 우리에게 말로 표현할
수 없는 무엇인가를 말해 주는 언어이다.
E. A. 로빈슨

역사는 이루어진 소설(小說)이며, 소설은 이루어질 수
있는 역사이다.
공쿠르 형제

정직(正直)한 이야기는, 솔직하게 말해져야 가장 빨리 성공한다.
세익스피어

시의 한 가지 장점을 부정할 사람은 거의 없을 것이다. 시는 산문보
다 적은 말로써 보다 많은 것을 표현한다는 것이다.
볼테르

칭찬할 만한 것들을 잘 쓰려는, 희망이 좌절되지 않고 싶은 사람은, 그 자신이 진정한 시(詩)가 되어야 한다.

J. 밀턴

시(詩)에는 역사보다 더 철학적이고 근엄하며 중요한 무엇이 있다. 역사가 말해 주는 것은 독특한 것들이지만, 시(詩)가 말해 주는 것은 보편적인 성격을 띠고 있기 때문이다.

아리스토텔레스

시는 사물을 말하는, 가장 아름답고, 가장 인상 깊고, 가장 광범한 효력을 가진 양식이다.

아놀드

위대한 문학이란 가능한 한도의 최대 의미가 부여된 언어이다.

E. 파운드

문학적(文學的) 감수성은 과거이든지, 현재이든지, 미래이든지, 영
원히 이어진다.

J. 시몬

완전한 희극은 인간성의 가장 이상적인 산물이다.

에디슨

사람들은 문명의 세계에서 실제로 일어나는 비극의 현실을 믿지 않
기 때문에 비극을 희극으로 상연한다.

J. 오르테가 이 가세트

시인들은 자신도 이해하지 못하는 위대
하고 현명한 언어들을 얘기한다.

플라톤

시인(詩人)은 어둠 속에서 자신의 외로움을 달래기 위해서 아름다
운 소리로 노래부르는 나이팅게일이다.
셸리

향기 없는 완전한 꽃이 있을 수 없는 것처럼, 매력없는 훌륭한 문학
(文學)이 있을 수 없다.
A. 사이먼즈

독자를 웃겨라. 울려라. 기다리게 하라.
C. 리드

분별(分別)이 있는 사람이라면,
발광하는 시인(詩人)과의 접촉을 두려워한다.
호리티우스

시인의 과제는 참으로 무겁고 신성하다! 그는 모든 것을 파괴로부터 구해내며, 죽어야만 하는 사람들에게 영생을 부여한다.

루카누스

화가가 붓과 물감을 가지고 생각하는 것처럼, 소설가는 펜과 종이를 가지고 생각한다.

모음

전설(傳說)은 눈처럼 흰 수염을 달고 있고, 연애소설은 언제나 젊다.

J·G·휘티어

여러 해 동안 두고두고 마음을 괴롭히다가 마침내 종이 위에 옮겨진 것, 작건 크건 그것은 문학(文學)에 속한다.

S·O·주에트

웅대(雄大)한 시(詩)를 쓰려는 자는, 그 생활(生活)을 웅대한 시(詩)로 만들어야 한다.

밀튼

시인(詩人)은 세상 무대에 나타나지 않은 입법자(立法者)이다.

더즈레일리

쾌활한 정신(精神)에서만 참된 시(詩)가 나올 수 있다.

– 에머슨

꽃가지에 앉은 꾀꼴새, 물에 사는 개구리, 모두 그들의 노래를 부르고 있다.

바이런

기술(技術)을 감추는 것이 참된 기술이다.

오뷔트

모든 예술은 막다른 골목에서 뚫고 나올 때, 비로소 위대한 것이 될 수 있다. 모든 기교(技巧)는 궁지(窮地)에서 이루어진다.

구양수(歐陽脩)

아름다움(美)이라는 것은 우리가 느낄 수 있고, 또 우리가 만들 수 있다. 하지만 아름다움이 미(美)의 표준을 정할 수는 없다.

에머슨

돈 가진 자의 노예가 되며, 가난한 자를 조롱하는 그러한 예술은, 사멸(死滅)하는 수는 있을지언정 번영해 나가리라고는 생각되지 않는다.

톨스토이

예술상(藝術上)의 지(智)와 과학상(科學上)의 지(智)는, 모든 사람을 위하여 공평한 봉사를 하는데 있다.

러스킨

예술은 적당한 자리에 있을 때에만 이익을 가져온다. 예술의 문제는 가르침이다. 예술이 다만 사람들의 오락(娛樂)일 따름이고, 진리를 개시(開示)하는 힘이 없을 때에는, 그것은 참다운 예술은 아닌 것이며, 지양(止揚)된 예술도 아니다.

러스킨

예술에 관한 논의(論議)는, 가장 공허한 논의다. 예술을 이해하고 있는 사람은, 각각의 예술은 제각기의 특별한 말로써 말하고 있고, 예술에 대하여 이러쿵 저러쿵 입으로 시비하는 것이 소용없는 것임을 알고 있다. 그러니까 예술에 대하여 수다스럽게 말하는 사람들은, 예술을 이해하지 못하는 사람이며, 예술을 감득(感得)하지 못하는 사람이다.

part 7

시간(時間)과 공간(空間)에 대하여

Analects of the World

나이는 시간과 함께 달려가고, 뜻은 세월과 함께 사라져 간다. 드디어 말라 떨어진 뒤에 궁한 집 속에서 슬피 탄식한들 어찌 되돌릴 수 있으랴.

소학(小學)

즐거움과 행복은 시간을 짧은 것 같이 보이게 한다.

세익스피어

이럭저럭 하는 사이에 시간은 날아간다. 날아가서 결코 다시 돌아오지 않는다.

베르릴리우스

그대여! 가라, 달려라. 그리고 세상이 6일 동안에 만들어졌음을 잊지 말라. 그대는 그대가 원하는 것은 무엇이든지 나에게 청구할 수 있지만 시간만은 안된다.

나폴레옹

빨리 지나가는 시간을 아껴라. 지루함을 피하는 것을 기품있게 배워라.

오슬러 경

연중휴일(年中休日)을 즐긴다고 하면, 아마 오락도 일처럼 권태로
울 것이다.

세익스피어

시간의 가치는 모든 사람의 입 속에는 있지만,
시간의 가치를 실천하는 사람은 드물다.

체스터필드 경

모든 시간은 한결같지 않다.

세르반테스

우리가 한 행위의 결과는 모두 우리에겐 결코 알 수 없는 것이다. 왜
냐하면 우리가 한 행위의 결과는 모두 무한한 세계와 시간 속에 무
한하기 때문이다.

톨스토이

당신들은 그런 인간, 모두 그런 인간들이예요—전쟁에 나온 젊은 사
람들은 모두 말예요. 당신들은 잃어버려진 세대군요.

헤밍웨이

시간은 흐르는 강이다. 유수(流水)에 거역하지 않고, 운반되
는 자는 행복한 자다.

모올리

시간을 낭비하지 말라. 인생이란 시간을 차곡
차곡 쌓아 올린 것이니까.

프랭클린

인생은 짧다. 그러므로 어떻게 인생을 살아갈까 하고 이것저것 생각
하는데, 더 많은 시간을 소비해서는 안된다.

S. 존슨

현재 존재하는 사물을 보는 것은 바로 무한한
과거에 존재했던, 그리고 미래에 영원히 존재
하게 될 것들을 보는 것과 같다. 왜냐하면 만
물은 본질적으로 같은 것이며, 동일한 원리의
지배를 받기 때문이다.

아우렐리우스

몸은 시간 속에 있지만, 마음은 공간 속에 있다.

브하그완

사람들이 미래에 희망을 갖지 않는다면, 사람들은 현재를 슬퍼해야
할 것이다.

W. G. 베넘

오늘 좋은 일을 할 수 있다면 결코 내일로 그것을 미루어서는 안된다. 왜냐하면 죽음은 당신이 하여야 할 일을 했는지 못했는지 따위를 생각해 주지 않기 때문이다. 죽음은 누구든 아무 것도 기다리지 않는다. 그러므로 인간에게 있어, 세상에서 가장 중요한 일은 그가 지금 하는 일인 것이다.

톨스토이

시간은 한 순간도 쉬는 일이 없는 무한한 움직임이다.

톨스토이

쓸쓸한 마음으로 과거를 되돌아보지 말라. 과거는 두 번 다시 오지 않으니까! 빈틈없이 현재에 충실하라. 그것을 할 사람은 곧 그대다. 두려워하지 말고 늠름하게 다가올 미래를 향하여 나아가라.

롱펠로우

만약 우리가 현재와 과거를 서로 경쟁시킨다면, 반드시 미래를 놓치게 될 것이다.

처어칠

현재는 모든 과거 생활의 집계(集計)이다.

카알라일

오늘 하루를 헛되이 보냈다면 이것은 커다란 손실이다. 하루를 유익하게 보낸 사람은 하루의 보물을 얻은 것이다. 하루를 헛되이 보냄은 내 몸을 헛되이 소모하고 있다는 것을 기억해야 한다.
아미엘

현재도 너무 늦은 것이다. 현명한 사람은 미래에 산다.
마르티알리스

과거의 기억이 그대에게 기쁨을 줄 수 있을 때만, 과거를 생각하라.   오스틴

현재가 너무나 빨리 변하기 때문에, 현재를 살고 있는 우리들은 현재의 순간에는 우리 인생을 깨닫지 못한다.
G. 무어

상처는 낫지만, 그 혼적은 남는다.
J. 레이

오늘의 하나는 내일의 둘의 가치가 있다.

프랭클린

어제, 오늘, 내일, 이렇게 사라지는 세월이란 정말

무의미하고 허망한 것이 아닐까.

투르게네프

하루의 생활을 되돌아보아 재미가 있었다, 즐거웠다, 정말 만족한

일이었다고 생각되는 일이 없다면, 그 하루는 허비한 것이다. 내게

있어서는 하나님을 배반하는 짓이고, 쓸데없는 허비인 것이다.

아이젠하워

정말로 바쁜 사람은, 눈물을 흘릴 시간도 없다.

바이런

시간은 모든 것을 익어가게 한다. 시간의 힘에 의해서 모든 것이 명

백하게 된다. 시간은 진리의 아버지인 것이다.

라블레

시간은 돈이다.

서양 격언

시간은 우정을 더욱 강하게 하지만,

시간은 사랑을 더욱 약하게 만든다.

라 브뤼에르

영원이라는 것에 시간이라는 것은 있지 않다.

헤세

한 시대의 내부에서는 시대를 고찰하는
명제는 존재하지 않는다.

괴테

이 세상에서 가장 바쁜 사람이 가장 많은 시간을 갖는다.

알렉산도르 비네

미래는 현재에 의해서 얻어진다.

S. 존슨

내일은 노련한 사기꾼이다. 그의 사기는 항상 그럴싸하다.

S. 존슨

과거는 지나간 장례식과 같고, 미래는 불청객처럼 온다.

E. 고스

허비하는 시간이란 잃어버린 시간이며, 게으르고 무기력한 시간이며, 몇 번이나 맹세를 해도 지키지 못하는 시간이다.

사르트르

시간은, 그대를 희망과 좌절의 두 가지 물결 속으로 동시에 인도한다.

톨스토이

시간은 진실을 발견한다.

세네카

형제여, 기다리는 시간은 모든 것 중에서 가장 힘든 것이다.

시드니

시간과 운명(運命)과는 아무런 관계가 없다.

아에스킬루스

현재의 오늘을 버리고 미래의 내일에 몸을 의지하는 것은 불행한 인간일 뿐만 아니라, 고민이 있는 자이고, 약하고 겁이 많은 사람이다. 오늘 문제를 해결하라.

볼테르

만약 이번 화요일에 내가 성공의 혜택을 받게 된다면, 나는 무엇보다도 4년의 임기가 끝나는 날, 전쟁을 방지했을 뿐만 아니라, 평화를 쟁취한 대통령으로서 사람들에게 기억되는 그런 대통령이 되고 싶다. 나는 나의 시대에 평화의 기초를 닦았을 뿐만 아니라 다가올 미래 세대를 위해서도, 평화의 기초를 닦은 사람으로서 역사에 인용되는 그런 대통령이 되고 싶다.

케네디

현재가 존재하지 않는다고 하면 무엇을 기준으로 해서 과거나 미래를 정할 것인가? 현재가 없다면 과거다, 미래다 하는 말은 원칙적으로 성립될 수 없는 말이다. 현재가 없다면 과거나 미래는 우리가 가정을 해서 하는 말에 지나지 않는다.

청담조사

현재는 과거보다, 미래는 현재보다 더욱 나의 관심을 끈다.

디즈레일리

어제는 다시 찾아가 볼 수 없다.

J. 스켈론

과거는 결코 다시 오지 않는다.

J. 레이

시간은 일체의 것을 아주 천천히 파괴한다.

A. 쥬베르

우리는 서둘러서 이 짧은 시간을 즐기자. 인간에게 주어진 시간에는 항구가 없고, 시간에게는 연안이 없다. 그래서 시간을 지나 우리는 떠난다.

라마르틴

끊임없이 움직이는 시간 속에 끊임없이 인간을 위협하는 숙명의 싹이라도 있단 말인가……?

대망경세어록

이미 흘러간 물로는 물레방아를 돌릴 수 없다. 1백 명 임금의 권력을 합쳐도 과거를 불러올 수는 없다. 왜 과거의 일로 괴로워 하고 슬퍼 하는가? 그대가 인생을 사랑한다면 시간을 낭비하지 말라. 시간은 인생을 구성하는 재료다. 같이 출발하였는데 세월이 지난 뒤에 보면 어떤 사람은 성공하고, 어떤 사람은 실패자가 되어 있다. 이것은 하루하루 주어진 자신의 시간을 잘 이용했느냐 허송했느냐에 달려 있다.

프랭클린

영원 불멸이란 우리에게 지극히 중대한 관계를 가지고 있고, 극히 심각한 교섭을 지니고 있다. 모든 감정을 상실하지 않는 한 그것이 무엇인가를 알기 위해 무관심할 수 없다. 우리가 기대할 수 있는 영원한 행복이 있는가 없는가에 관하여 우리 일체의 행위와 사상은 새로운 길을 취해야만 한다.

파스칼

오늘을 경멸하는 것은, 어제를 잘못 살았다는 것을 증명하는 것이다.

M. 마테를링크

스스로 권태로워 하는 인간은, 권태로운 인간보다도 경멸해야 할 것이다.

버틀러

미래를 알려거든, 먼저 너 자신을 살펴보라.
명심보감

과거도 버려라. 미래도 버려라. 현재도 생각하지 마라. 마음에 걸리는 모든 것을 버리면 생사(生死)의 괴로움을 받지 않나니.
법구경

시간이란 것은, 사태를 최악으로 또는 최선으로 갑자기 변화시키는 것은 아닙니다. 차근차근 사태를 변화시키고, 발전시키는 법입니다.
브라암스

우리 인간은 과거를 되돌릴 수 없다. 그러므로 우리는 지난날의 일로 마음을 괴롭혀서는 안된다. 오직 내일 무엇을 해야할 것인가를 생각해야 한다.
괴테

제 아무리 위대한 사람이라도 지나가 버린 시간을, 오늘을 위해 다시 되돌릴 수는 없다.
디킨즈

시간의 골짜기에서는 이따금 시간의 언덕
이 가로 막는다.

테니슨

시간의 가르침을 잘 들어라, 시간은 가장 현명한 법률 고문이다.

페리클레스

전에 존재했던 시대가, 지금 존재하는 시대보다 훌륭하다는 환상이
야말로 모든 시대에 보편적으로 흐르고 있는 환상이다.

슈바이처

좋았던 시절은 빨리 지나가 버린다.

바이런

성인과 죄인 사이의 유일한 차이점은, 모든
성인은 미래를 생각하고, 모든 죄인은 과거
에 집착한다는 점이다.

와일드

나는 피어 있는 꽃보다는 약속에 찬 꽃망울을, 소유보다는 열정을, 완
성보다는 진보를, 철이 든 시절보다는 청소년 시절을 더 사랑한다.

지이드

시시각각 시간은 흘러가지만, 흘러간 시간
은 돌아오지 않는다.

키케로

태양 아래 영원한 것은 없다. 운명의 여신은 그 변화를 즐기려 하고,
그래서 인간은 그녀의 힘을 잘 안다.

마키아벨리

신(神)들 조차도 권태에서 탈출하는 투쟁
에는 이기지 못한다.

니이체

신마저도 과거를 고치지는 못한다.

아리스토텔레스

과거를 되돌아보지 않는 사람은, 과거를 되풀이하는 운명을 가지고
있다.

산타야나

젊은 나이에는 시간을 소중히 사용하지 않으면 안된다.

베이컨

시간에 충실하는 것, 이것이 바로 행복이다.

에머슨

나이 듦에 따라, 시간은 우리에게 많은 교훈을 준다.

아이스킬로스

황금시대는 우리들의 미래에 있는 것이지, 과거에 있는 것이 아니다.

시몽

시간의 걸음에는 세 가지가 있다. 미래는 머뭇거리며 오고, 현재는 화살처럼 날아가고, 과거는 영원히 정지해 있다.

쉴러

미래를 신뢰하지 말라! 과거는 땅 속에 묻어버려라! 현재에 살고, 현재에 행동 하라.

롱펠로우

시간을 지배할 수 있는 사람은 인생을 지배할 수 있는 사람이다.

에센바흐

시간은 모든 것을 가져가 버린다. 시간은 사람의 마음마저 가져가 버린다.

베르릴리우스

언제나 오늘만을 위해서 일하는 습관을 가져라, 내일은 저절로 오는 것이다. 그리고 오늘과 더불어 내일의 새 힘도 온다.

힐티

시간은 모든 좋은 일의 유모(乳母)이며, 또한 양육자(養育者)이다.

셰익스피어

미래에 대해 걱정하지 말라. 현재에 도움이 될 수 있는 지성(知性)의 검(劍)으로 충분히 미래와 맞서라.

아우렐리우스

미래(未來)란 지금이다.

마가렛 미드

시간은 이 세상의 모든 것을 정복한다. 우리는 시간을 따르지 않을 수 없다.

포우프

미래는 꿈꾸는 자에게 가장 소중한 장소다.

프랑스

나는 미래에 대해서는 생각 하지 않는다. 왜냐하면 눈 깜짝할 사이에 다가오기 때문이다.

아인슈타인

시간은 금이다…… 시간은 이익을 계산하는 사람들에게도 막대한 금액이다.
더킨슨

절대로 시간을 보지 말라. 이 말은 젊은이가 알아두어야 할 말이다.
에디슨

아침 잠은 시간의 지출이며, 이렇게 비싼 지출은 달리 없다.
카네기

미래에 관한 무지(無知)는 신이 정한 영역을 메우기 위한 고마운 선물이다.
포우프

무엇이 일어나건, 아무리 황량한 날에도 시간은 흘러가는 것이다.
세익스피어

미래에 대한 가장 좋은 예견은 과거를 돌이켜 보는 데 있다.
셔만

영원에는 현재가 없다. 영원에는 미래가 없다. 영원에는 과거가 없다.

테니슨

하루는 영원한 시간의 축소판이다.

에머슨

영원으로부터 새날은 밝아오고, 영원을 향하여 밤은 돌아간다.

카아라일

오늘을 붙들어라! 되도록이면 내일에 의지하지 마라! 그날 그날을 일년 중에서 최선의 날로 만들어라!

에머슨

나이를 먹을수록 시간은 많은 교훈을 가르친다.

아이스킬루스

그대의 생명을 사랑한다면 시간을 낭비하지 말라! 시간이야말로 생명을 만드는 재료이다.

프랭클린

시간은 옛 것을 낡게 하고, 모든 것을 먼지로 변화하게 하는 기술을 가지고 있다.

브라운 경

사려깊은 사람은 과거의 일들로서 현재를 판단한다.

소포클레스

가장 현명한 사람은 허송 세월을 가장 슬퍼한다.

단테

시간을 가지는 사람은 이 세상의 모든 것을 가진다.

디즈레일리

과거 이외에 확실한 것이라곤 없다.

세비카

시간은 모든 것을 가지고 간다. 그대의 마음까지도.

베르릴리우스

배우지 않은 슬픔이여! 이것은 게으른 자(者)의 자기 변명에 불과하다. 그렇다면 공부를 하라! 공부를 다 했다고 해서 공부하지 않는다는 것도 정말 어리석은 일이다. 또한 과거에 기대를 가지는 것도 과거를 한탄함과 마찬가지로 어리석은 일이다. 이미 시작된 일에 대해서는 그 진행된 사실 속에 묻어버리는 것이 가장 좋다.

알랑

조금 전의 한 시간은, 그날의 나머지 시간 전부의 두 배의 가치가 있다.

호원

시간이나 조수를 붙들어 맬 수 있는 사람은 한 사람도 없다.

번즈

1분 늦는 것보다 3시간 빠른 것이 낫다.

셰익스피어

시간―그것은 얼마나 기묘하고도 불가사의한 것일까? 대체 누가 어느 때쯤 이 '시간'을 흘려 보내기 시작한 것일까……? 어쨌든 시간은 끝을 헤아릴 수 없는 영원한 과거로부터 영원한 미래를 향해 시시각각 한 순간의 게으름도 없이 흘러가고 있다.

대망경세어록

그대는 이따금 '세월은 흘러간다'라고 곧잘 중얼거릴 것이다. 물론―세월은 우두커니 서 있지 않는다. 그러나 흘러 가는 것은 세월 뿐만 아니라 그대 자신도 흘러가는 것이다.

탈무드

과거를 가지고 괴로와 하지 말라.

나폴레옹 1세

상의할 때는 과거를, 즐거움을 누릴 때는 현재를, 어떤 일을 할 때는 미래를 생각하라.

쥬베르

나는 과거을 검토 하는 것 이외에는 미래를 예측할 방법을 알지 못한다.

P. 헨리

나는 결코 시간에 얽매이지 않는다. 시간이 사람을 위한 것이지, 사람이 시간을 위한 것은 아니기 때문이다.

라블레

휴식이 너무 길면 녹이 슨다.

W. 스코트

사람이 시간을 낭비 하는 것은 일종의 자살이다.

새빌

결코 시간에 속지 말라. 시간을 정복할 수는 없다.

W·H·오든

현재는 과거의 제자다.

프랭클린

우리가 하나의 생각을 눈으로 볼 수 없는 것처럼, 시간도 볼 수가 없다. 이처럼 개념은 눈으로 볼 수가 없다.

E. 크라이더

보통 사람은 시간을 소비하는 것에 마음을 쓰고, 성공 하는 사람은 시간을 이용하는 것에 마음을 쓴다.

쇼펜하우어

지나가버린 시간은 결코 돌아오지 않는다는 사실을 명심 하라.

T. A. 켐피스

짧은 인생은 시간의 낭비로 인해 더욱 짧아진다.

사무엘·존슨

서두르라. 돌아오는 시간을 기다리지 말라. 오늘 준비가 되지 못한 사람은 내일은 더욱 준비 되지 못했을 것이다.

오비디우스

당신이나 나나 2년, 3년, 혹은 4년 안에 우리에게 어떤 일이 닥칠지 알지 못한다. 세기(世紀)는 우리 것이 아니다.

나폴레옹

시간, 그것이 곧 역사를 만든다.

브하그완

너의 손에 닿는 물은 지나간 물의 마지막 것, 다가올 물의 처음 것이다. 현재도 바로 그런 것이다.

다빈치

시간은 소리 없는 마무리이다.

G. 허버트

세월처럼 빠른 것은 없다.

오비디우스

내일 일은, 내일 자기가 생각할 것이니라.

성경

모든 사람들이 주어진 환경에서 인간에게 작용되는 인간성을 증명하는 것─이것에 인류의 미래가 걸려 있다.

슈바이처

인생에 있어서 가장 중요한 일은 사랑이다. 그런데 사랑한다는 일은 과거에 있어서도 미래에 있어서도 불가능하다. 사랑한다는 것은 현재 이 순간에 있어서만 가능하다.

톨스토이

한 번 흘러가 버린 시간은 아무리 애를 써도 다시 찾지 못한다. 이와 마찬가지로 한 번 범해 버린 죄악은 아무리 애를 써도 씻어지지 않는다.

존·러스킨

시간을 헛되게 하는 것은 시간 뿐이다. 그러므로 늦었다고 하더라도 멈추어 서서 시간을 보지 말라.

르나르

지난날 우리에게는 깜박이는 불빛이 있었으며, 오늘날 우리에게는 타오르는 불빛이 있다. 그리고 미래의 우리에게는 온 땅 위와 바다 위를 비추어 주는 불빛이 있을 것이다.

처어칠

한가(閑暇)를 이지적으로 지낼 수 있는 것은 문명의 최후 선물이다.

리셀

어느 날엔가 내가 마주칠 재난은, 내가 소홀히 보낸 어느 시간에 대한 보복이다.

나폴레옹

우물쭈물하고 있는 것은 시간을 도둑맞고 있는 것이다.

영

시간은 우리들 위를 비상하지만 시간의 그림자는 뒤로 남긴다.

호오돈

인생을 사랑하는가? 그렇다면 시간을 낭비하지 말라. 시간은 인생을 이루는 요소이다.

프랭클린

신은 불행한 사람을 위로하기 위해서 시간을 지배한다.

쥬베르

시간을 지키고 안 지킴에 따라 인간의 품위가 결정된다.

브하그완

오늘날 우리들은 미래에 대해서 관심을 돌리지 않으면 안된다. 왜냐하면 세계가 변화해 가고 있기 때문이다. 낡은 시대는 끝나가고 있으며, 이미 낡은 방법은 통용되지 않고 있다.

케네디

시간은 모든 권세를 침식, 정복한다. 시간은 신중히 기회를 엿보고 있다가 포착하는 자(者)의 벗이며, 때가 아닌데 조급히 서두르는 자(者)에겐 최대의 적이다.

플루타아크

시간은 가장 위대한 의사다.

디즈레일리

시간은 사람이 소비하는 것 중에서 가장 가치 있는 것이다.

데오프라스토스

오늘을 준비하지 않는 사람은, 또한 내일도 준비하지 않는다.

오비디우스

가장 애매모호한 시대는 오늘이다.

스티븐슨

지금의 나를 과거의 나라고 독단하지 말라.

셰익스피어

우리는 시간이 흐른다고 말하고 있다. 그러나 이것은 옳지 않다. 앞으로 나아가는 것은 우리들이지 시간이 아니다. 우리가 강을 배로 건널 때, 움직이는 것은 배이며, 물은 아닌 것과 같다. 시간도 이와 마찬가지이다.

톨스토이

자기 활동의 결과를 모두 알게 된다면, 자기 활동은 한낱 시시한 것임을 알게 되리라.

톨스토이

근면하고 시간을 낭비하지 말라.

늘 유익한 일을 하고 무익한 일은 하지 말라.

프랭클린

시간은 진리를 발견한다.

세네카

시간은 영혼의 생명이다.

롱펠로우

오늘은 언제나 어제와 다르다.
A. 스미튼

과거로서 미래를 계획할 수는 없다.
E. 버크

진실로 자기 영혼의 자산을 향상시킬 시간을
가진 자는 휴가를 향락한다.
도라우

어제는 되돌이킬 수 있는 우리의 것이 아니지만,
내일은 승리가 가능한 우리의 것이다.
L. B. 존슨

핑계 중에서도 가장 어리석고 못난 핑계는 '시간이 없어서……'라
는 핑계이다.
에디슨

시간은 나의 재산이며, 시간에 있어서 나는 상속인이다.
괴테

시간은 권력을 지닌 여주인이다. 그녀는 여러 가지 일을 정리해 준다.
코르네이유

시간은 기다리는 자에게 모든 것을 준다.

영국 속담

우리는 나이를 먹어갈수록 시간의 가치에 대한 의식이 점점 분명해
진다. 사실 이보다 더 중요한 것은 없을 것이다.

헤즐릿

내일은 어떻게 되겠지 하는 바보. 오늘도 이미 늦은
것이다. 현자는 이미 어제 끝냈다.

쿠리

시간을 짧게 하는 것은 무엇일까— 활동. 시간을 참
을 수 없이 길게 하는 것은 무엇일까-안일(安逸).

괴테

과거의 일이 이미 지나간 일이라고 해서 잊어 버리면, 그것으로서
우리는 미래도 포기해 버리는 것이 된다.

처어칠

너무 지나치게 긴 휴식은 고통이다.

호메로스

현실 가운데 살면서, 예술가는 진지하게 신앙을 가질 수도 없을 것이거니와 시간이나 돈이나 술집 따위를 좀 더 진지하게 생각할 수도 없을 것이다.

헤세

시간은 사물을 너무나 골똘히 진지하게 생각하는 것을 달갑게 여기지 않는다.

헤세

시간이란 없다. 있는 것은 한 순간 뿐이다. 그리고 그 순간엔 우리의 전 생활이 있다. 따라서 우리는 이 한 순간에 모든 것을 발휘해야 한다.

톨스토이

내일은 생각하지 않는 것이 좋다. 그러나 내일을 생각하지 않기 위해서는 하나의 방법 밖에 없다. 그것은 오늘 하루를 훌륭하게 보냈나, 이 순간의 일을 훌륭히 끝마쳤는가를 끊임없이 생각하는 것이다.

톨스토이

세월은 참으로 허무하고 날짜는 참으로 빨리 간다.

링컨

시간을 선택하는 것이 시간을 절약하는 것이다.

베이컨

시간이 없는 현재라는 이 한점. 이 한점에 있어서만 인간은 자유롭다.

톨스토이

한가(閑暇)는 철학의 어머니다.

홉스

시간이란 인간이 편의에 따라 정해 놓은 약속에 불과하다.
힐티

오늘 잃은 시간은 내일 다시 찾을 수가 없다.
세르반테스

마음껏, 힘껏 노력해 보라. 시간은 매우 공평한 것으로 미지(未知)의
내일이 그대에게만 나쁠 이유가 없을 것이다.
법구경

과거와 장차 다가올 미래는 최상의 것으로 생각된다. 그러
나 현재의 상황은 나쁘게 생각된다.
셰익스피어

시간의 가치를 모르는 자는 출세의 영광을 얻지 못하는 자다.
보브나르그

우리에게 영혼불멸이란 극히 중대한 관계를 가지고 있고,
극히 심각한 교섭을 가지고 있다. 모든 감정을 상실하지 않
는 한 그것이 무엇인가를 알기 위해 무관심할 수 없다. 우
리가 기대할 수 있는 영원한 행복이 있는가 없는가에 의하
여 우리의 일체의 행위와 사상은 다른 길을 취해야만 한다.
파스칼

모든 것은 과거로 지나가 버린다. 나는 그것을 알고 있다. 그러나 나는 현재에만 관심을 가지고 있다.

지이드

미래를 위해서 무엇을 해야 하는가? 하는 것은 결코 알 수 없다. 그래서 인생은 멋진 것이다.

톨스토이

우리는 지나간 시간을 찾을 길이 없다. 그러나 우리가 잠든 순간에 잃어버린 시간이 하나의 동그라미가 되어 우리 앞에 나타난다.

프로스트

과거에 머리를 돌리고 미래를 초조해 하는 사람. 현재는 거짓이었던가?

법구경

시간은 여러 가지 사건으로 형성된 강물과 같다. 특히 격류와 같다. 왜냐하면 하나의 격류가 나타나는가 하면 곧 사라지고, 또 다른 격류가 오며, 이것 역시 곧 사라지기 때문이다.

아우렐리우스

다만 오늘이 있을 뿐이다. 내일은 없다. 현재의 생
활, 순간순간을 바르게 사는 현재, 현재의 성(城)—
인생의 참뜻은 실로 이것밖에 없다. 내일 일은 내
일로 미루어두라. '현재의 성(城)'—오직 여기에서
만 모든 것은 생명을 얻어 빛나는 것이다. 미래의
일을 약속하지 말라. 죽음의 배경을 그리지 말라.
생(生)의 실현은 오직 '현재의 성'에 있는 것이다.

법구경

시간은 모든 것을 잊게 하는 하나의 영험한 약이다.
서양 격언

현재 가진 것을 충분히 활용한다면, 모든 일은 거의가 가능한
일이다.
톨스토이

시간을 가장 서툴게 쓰는 자(者)가 시간이 없다고
불평한다.
라 브뤼에르

세월은 책에서 얻은 것보다 더 많은 것을 가르쳐 준다.
서양 격언

현재의 시간을 잃어버리면 모든 시간을 잃는다.

W. G. 베넘

현대인은 자기가 일을 신속히 하지 않을 때는 시간을 잃는다고 생
각한다. 그러나 현대인은 자기가 얻는 시간으로 오직 시간을 죽일
뿐 무엇을 해야 할지 알지 못한다.

서양 격언

part 8

전쟁(戰爭)과 평화(平和)에 대하여

Analects of the World

전쟁도 필요한 사람들에게는 정당하다.
B. 버크

평화란 무엇이냐? 평화는 전쟁인가? 노우 노우. 평화는 사랑스럽고,
조용하고, 아름답고, 온화하고, 기쁜 것이냐? 오! 예스.
더킨즈

태평한 시대의 공화국에서는, 훌륭한 인물이 별로 평가되지 않는다
는 사실을 알 수 있을 것이다. 이것은 걸출한 훌륭한 사람들로 하여
금 두 가지를 격분하게 한다. 하나는 적절한 평가를 받지 않는 데서
오는 원망이며, 다른 하나는 자신보다 못한 동료나 상관이 좋은 평
가를 받는데서 오는 분노다.
마키아벨리

평화가 있는 곳에서 호전적인 인간은 자기 자신을 도발한다.
니이체

전쟁을 준비를 하는 것에 의해서만 평화를 준비 할 수 있다는 것은
참으로 유감스런 사실이다.
케네디

성격이 조급하고 마음이 조잡한 사람은 무엇을 하든지 결코 일을 성공시키지 못한다. 이와 반대로 마음이 항상 평화롭고 기상(氣象)이 평온한 사람은 백복(百福)이 저절로 들어온다.
채근담

칼날에는 인간의 의사와는 전혀 다른 움직임이 있는 법이다.
대망경세어록

적을 만들지 못하는 자는 친구도 만들지 못한다.
테니슨

평화는 인간의 자연 상태이며, 전쟁은 인간의 타락이며, 치욕이다.
톰슨

백성을 가르치지 않고, 전쟁을 시키는 것은 백성을 버리는 것이다.
공자

전쟁을 좋아하는 민족은 반드시 망했다. 그리고 전쟁을 잊은 나라 또한 망했다.
리렐 라하트

언제나 평안한 것만 생각하고, 전쟁을 생각하지 않으면 반드시 위험이 온다.
손자

평화는 풍요를 만들고, 풍요는 오만을 만들고, 오만은 싸움을 기르고, 싸움은 전쟁을 부른다. 전쟁은 약탈을 가져오고, 약탈은 빈곤을, 빈곤은 인내를, 인내는 평화를 부른다. 그리고 평화는 전쟁을 부르고, 전쟁은 평화를 부른다.

G·푸트넘

평화를 갈망하는 자로 하여금 전쟁을 준비하게 하라.

베게티우스

나는 아무리 정당한 전쟁일지라도 불공정한 평화를 더 좋아한다.

시세로

강하다고 생각하는 마음은 싸움에서는 금물이다.

대망경세어록

전쟁이 오늘날 일어난다면 이전의 전쟁과는 양상이 틀린 잔인한 전쟁이 될 것이다. 비교할 수 없을 만큼 크나큰 살인과 파괴의 수단으로 행하여질 것이다. 그러므로 이제 전쟁은 종식되어야 한다.

슈바이처

전쟁에는 준우승자를 위한 2등상이 없다.

O·N·브래들리

사람들은 일반적으로 평화의 성취보다는 전쟁에서 이기는 것이 더욱 중요하다고 믿는다. 그러나 이것은 잘못된 생각이다.

키케로

정의와 명예가 있는 평화는 가장 아름답고 가장 유익한 재산이지만, 불명예와 수치스러운 비겁이 있는 평화는 가장 불명예스럽고 해로운 것이다.

폴리비우스

몇 천 명의 인간을 살해하는 전쟁은 외견상으로 훌륭한 이름이 주어진다. 전쟁은 잘못된 영광의 기술이며 잘못된 불멸의 명성을 부여한다.

영

전쟁에서 대담성을 이용할 수 있다면 불가능한 것은 없다.

A. 아인쉬타인

탐욕은 싸움의 원인이 되고 무욕은 평화의 씨앗이 된다.

청담조사

평화라는 것이 우주의 자연상태이며 본질이고, 전쟁은 우주의 표면에 일어나는 일반적인 동요에 지나지 않는다는 식으로 우리들은 아무런 증거도 없이 확신하고 있었다. 오늘날에 이르러서야 우리들은 우리가 잘못되었던 것을 인정한다. 전쟁이 끝났다고 하지만 그것은 요컨대 이번 전쟁이 끝났다는 의미일 뿐이다. 미래의 일은 보장되어 있지 않은 것이다. 즉 우리들은 일체의 모든 전쟁이 끝났다는 것을 믿고 있는 것은 아니다. ……만약 내일 또 어떤 새로운 전쟁이 돌발한 것을 알게 되더라도 우리들은 체념한 듯이 어깨를 으쓱하며「예정대로군!」이라고 할 것이 뻔하다.

사르트르

평화는 막연한 탐욕에 대항하는 덕성적(德性的), 무언적(無言的), 지속적인 잠재 능력의 승리이다.

R·발레리

전쟁의 준비는 평화를 지키는 가장 유효한 수단의 하나이다.

G. 워싱톤

군대란 사람을 잡는 흉기요, 전쟁은 덕(德)을 거슬리는 것이며, 장수는 죽음을 내리는 관리이다. 따라서 전쟁은 부득이한 경우에만 해야 하는 것이다.

위료자

인간, 그 누가 평화를 원치 않으랴.

대망경세어록

평화는 전쟁보다 낫다. 왜냐하면 평시에는 자식들이 부친들을 매장하고, 전시에는 부친들이 자식들을 매장하니까.

베이컨

최후의 순간까지 살아 남으려고 각자의 지혜에 따라 필사적으로 바둥거리는 것이 인간의 본성이다.

대망경세어록

사랑은 증오보다 고귀하고, 이해는 분노보다 높으며, 평화는 전쟁보다 고귀하다.

헤세

평화의 안정된 생활에서만 나의 존재는 바로 서고, 내 생명은 평화를 얻어 본유(本有)의 성능을 발휘하는 것이다. 적어도 나는 이러한 사실을 잘 알며, 모든 의욕의 다툼과 권세의 싸움은 그들에게 맡겨 두련다.

법구경

가장 승산이 있는 전쟁도 국가적 불행임에 틀림없다.

H·V·몰트케

철수하여 돌아가는 적은 막지 말라. 계획적인 철수는 오히려 가장 강력한 공격일 수가 있다.

손자(孫子)

온갖 승부가 반반의 비율로 승자와 패자를 나누어 간다. 현실의 전쟁에는 평화라는 타협의 길이 남겨져 있을 뿐, 계속 싸워 나가면 어떠한 강자라도 마침내는 반드시 패자로 바뀐다.

대망경세어록

패배는 원한을 가져 오고, 패한 사람은 괴로워 누워 있다. 이기고 지는 마음을 모두 떠나서 다툼이 없으면 모두가 편안하다.

법구경

지난날에는 모국을 위해서 죽는 것은 기분 좋고 또한 훌륭한 일이라고 기록되었다. 그러나 근대 전쟁에서는 전사가 기분좋고 훌륭한 일이란 아무것도 없다. 제군들은 아무런 이유도 없이 개처럼 죽어갈 것이다.

헤밍웨이

왔노라, 보았노라, 이겼노라!

시이저

어떠한 전쟁이건 이기겠다는 각오없이, 뛰어드는 것은 치명적이다.

D·맥아더

나는 존경할 만한 원수에 대하여 듣기를 좋아한다.

W·스코트

경쟁자가 없으면 인생을 살아갈 가치가 없을 것이다.

E·P·던

인간의 투쟁이 계속되는 한, 인간은 잘못을 저지른다.

괴테

늘 약한 사람이 패한다.

헤이우드

싸움에 위험이 없을 때는 승리를 해도 영광이 없다.

코르네이유

전쟁은 무지한 사람에게는 도박이요, 전문
가에게는 과학이다.

폴라드

전쟁! 논밭을 못쓰게 만들고, 인가를 파괴하고, 연평균 10만 중 4만
의 인간을 죽게 하는 기술은, 없어져야 할 기술이다.

볼테르

전쟁의 근본(根本)은 정치다.

레닌

군사를 일으킬 때 사사로운 분노가 그 동기가 되어서는 안된다. 승
산이 있으면 즉시 군사를 일으키고, 승산이 없으면 군사를 일으키
지 말아야 한다.

위료자

인류로부터 국수주의자를 타도해 버리기까지는 평화로운 세계는 결
코 찾아오지 않을 것이다.
버나드·쇼

지금도 옛날과 같이 칼이 모든 것을 지배한다.
쉴러

적과 대등해야 하는 것—이것은 대개 성실한 전투라는 것의 제일의
전제이다.
니이체

전쟁이 필요한 것이라고 생각되는 한 전쟁은 언제까지나 그 매력을 지닐 것이다. 전쟁이 야비한 것이라고 생각되는 한 전쟁은 인기를 잃을 것이다.

오스카 와일드

전쟁은 언제 어떠한 경우에도 사려와 분별이 아니라, 힘의 주장이다.

대명경세어록

전쟁은 초기단계부터 불확실한 것이다. 단지 지휘관(指揮官)의 의지와 실천력(實踐力)만이 확실한 것이다.

몰트케

부녀자의 살해에 의해서, 또한 무력한 비전투원을 공포로 몰아넣는 것으로써, 국가를 항복시킨다는 이 가증스런 개념이 인류 사이에 인용되고 묵인되기 시작한 것은 20세기에 있어서다.

처어칠

군인은 다른 모든 국민보다 평화를 기구(祈求)해야 한다. 군인은 깊은 상처와 전쟁의 아픈 상처를 고통받고 견뎌야 하기 때문이다.

D·맥아더

그 당시의 큰 문제를 결정하는 것은 연설이나 결의
문이 아니라 무쇠(鐵)와 피(血)였다.

비스마르크

승리가 재능이나 행운의 열매라 할지라도, 정복(征服)하는 승리는
언제나 영광스러운 것이다.

L·아리오스토

전쟁은 인간을 위해서 있지 않고 짐승을 위해서 있다.

에라스무스

전쟁에는 확실히 도박적인 데가 있다. 싸움을 만들어 내는 것은 권
태에서도 온다. 싸움을 가장 좋아하는 사람은 할 일이 없거나 걱정
거리가 적은 사람들이다.

알랑

전쟁은 파괴의 과학이다.

존·아포트

전쟁 준비를 위해서 국민으로부터 징집되는 세금은 군대가 지켜야 할 노동이라는 산물을 무용하게 한다.
톨스토이

승패나 생사에 대한 운명을 인간의 힘으로 어떻게 하겠는가.
대망경세어록

전쟁에 대해서 말한다면 승자를 어리석게 하고, 패자를 음험하게 하는 것이라고 말할 수 있다.
니이체

국수주의가 존재하는 한, 전쟁은 세계 역사가 끝날 때까지 계속된다.
존 드라이든

우리들 시대의 전쟁이 얼마나 무서운 해악인가가 명백하게 되었으므로 전쟁을 저지하기 위해서는 여하한 수단도 강구하지 않을 수 없다. 특히 이것은 윤리적인 이유에서도 전쟁을 저지하지 않으면 안된다. 우리들은 최근 두 차례의 대전에서 실로 무서운 비인간성의 죄를 범했다. 만약 또 전쟁이 발발한다면 다시 더 큰 죄를 범하게 될 것이다. 그런 것은 허용될 수 없다.
슈바이쳐

평화를 수호하는 국제적인 능력을 쌓음과 동시에 자국은 각각 전쟁 수행 능력을 없애는데 협력하지 않으려는가?

케네디

인류의 태평 세상은 완력보다도 이성과 지혜로 조립된 질서에 의하여 지탱되어야 하는 것이다.

대망경세어록

내가 바칠 수 있는 것은, 피와 노고와 눈물과 땀 밖에는 없다. 우리들은 지금 최대의 곤란한 시련에 직면하고 있다. 우리들은 이제부터 오랜 세월을 투쟁과 고난 속에서 지새우지 않으면 안된다. 제군들은 나에게 '우리들의 목적은 무엇이냐?'고 묻는다. 나는 이에 대해 '승리가 있을 뿐'이라는 답 뿐이다. 어떠한 희생을 지불하더라도 승리를, 어떠한 공포를 당하더라도 승리를, 아무리 그 길이 멀고 고통스럽더라도 오직 승리를 지향해야 한다. 왜냐하면 승리 없이는 생존도 있을 수 없기 때문이다.

처어칠

큰 전쟁은 인간의 진정한 얼굴을 나에게 보여 주었습니다. 나는 많은 친구를 영원히 잃어버렸습니다. 그들이 비록 뒤에 나에게 접근해 온다 해도 나는 결코 잊을 수 없습니다.

로망 롤랑

전쟁이 벌어지면 인간은 언제나 상식 테두리 밖으로 뛰어나가 사물을 생각하게끔 된다. 애당초 원한도 없는 인간을 어떻게 죽이느냐 하는 점에 몰두하지 않으면 안되게 만드는 것이 전쟁이다. 하지만 그 살육도, 인간을 그러한 기괴한 살의의 과정에 이끌기에 앞서 반드시 지나가야만 할 하나의 통로를 가지고 있다. 그것은 나름의 전쟁의 분노와 정당성을 광기로 인도하는 것이다.
대망경세어록

작은 나라는 큰 나라 틈바구니에서 싸우지 않고, 두 마리의 사슴은 들소 곁에서 싸우지 않는다.
회남자

반(反)군국주의자 이야기가 나왔다. 나의 생각으로는 평화 때는 누구나가 반(反)군국주의자지만, 한 번 전쟁이 일어나면 누구 한 사람—혹은 거의 누구 한 사람도—반(反)군국주의자가 되는 이는 없으리라고 생각된다.
보나르

인류는 전쟁에 종지부를 찍지 않으면 안된다. 그렇게 하지 않으면 전쟁이 인류에게 종지부를 찍게 될 것이다.
케네디

이 세상의 싸움은, 실은 여자들과 남자들의 영원한 싸움이었는지 모른다. 낳자, 늘리자, 땅에 가득히 채우자…… 그 한 가닥인 여자들과, 죽이자, 사냥하자, 빼앗자고 혈안이 되어 허우적거리는 남자들과의……
대망경세어록

천하가 태평해져도 적은 끊어지지 않는다. 전쟁터에서 서로 베는 대신 정적이라는 야릇한 모습으로 항상 슬금슬금 신변을 위협한다.
대망경세어록

전쟁은 인간 대 인간의 관계가 아니라 국가 대 국가의 관계다. 이 관계에서 개개의 인간은 인간으로서가 아닌, 시민(국민)으로서 조차도 아닌, 단지 병사로서 적이 된다. 즉 조국의 구성원으로서가 아니라 조국의 방위자로서 적이 될 뿐이다. 각 국가는 다른 국가를 적으로 할 수 있을 뿐이며, 인간을 적으로 할 수는 없다.
루소

대승리와 대패(大敗)는 늘 공존한다.
웰링턴

전쟁에는 4 가지 분위기가 있다. 위험, 육체적 고통, 불확실성, 우연성이다.
나폴레옹

전쟁이 다른 수단에 의한 정치의 계속이라면,
평화는 다른 수단에 의한 투쟁의 계속이다.

샤포코시니프

전쟁은 인류가 존재하는 한 끊임없이 일어날 것이다. 정말이지 이
건 슬픈 일이다. 이것은 인간이 아무리 발버둥쳐도 결국은 죽지 않
으면 안된다는 슬픔과 같은 것이다. 살기위해 죽음의 공포와 싸우
는 일은 매우 아름답고 고상하고 존경할 만한 일이다. 전쟁을 피하
기 위해서 하는 준비도 마찬가지다.

헤세

군인의 몸은 늘 자기의 소유물이 아닌 국가의 부
속물이 된다.

생텍쥐페리

때로는 전쟁이 비참한 평화보다 낫다.

타키투스

지휘관에게 복종할 때 투덜거리는 사람은 서투른 군인이다.

세네카

고기와 술로 알맞게 배를 불리지 않고 싸울 수 있는 군인은 없다.

처어칠

싸움이라는 것은 타산적인 계산뿐만이 아니라, 고집이니 체면이니 하는 감정을 수반하여 엉뚱한 방향으로 전개되어 가는 기괴한 생물이다.

대망경세어록

맞서게 되면 굽히라. 굽히면 정복한다.

오비디우스

전쟁에서는 임기응변의 술책에 밝아야 한다. 임기응변의 술책을 밝게 알고 있으면 천하무적(天下無敵)이다.

관자

싸움이 얼마나 두려운가를 모르는 사람만큼 다루기 힘든 것도 없다.

대망경세어록

군대란 구두쇠가 관대하게 되고, 관대한 사람들이 인색하게 되는 학교이다.

세르반테스

악한 인간일수록 훌륭한 군인이다.

나폴레옹

적을 알고 나를 알면 백 번 싸워도 승리한다. 적을 모르고 나만 알면 무승부가 된다. 그러나 적을 모르고 나도 모르면 그 싸움은 반드시 패한다.

손자(孫子)

전쟁을 결정하는 것은 재정(財政)이다.

프리드리히

전쟁은 과학보다 심오하고 무서우며 극적인 연극이다.

죠미니

전쟁의 교훈은 승리보다 패전(敗戰)에서 배울 바가 많다.

고사(古史)

훌륭한 전사(戰士)는 무용(武勇)을 버리지 않고, 싸움을 잘하는 자(者)는 성내지 않으며, 적(敵)에게 가장 잘 승리하는 자(者)는 적과 대전(對戰)하지 않고, 사람을 잘 다룰 줄 아는 사람은 그 사람 앞에서 몸을 낮춘다.

노자

미래의 적(敵)은 항상 뛰어난 가장 훌륭한 사람들이다.

R·라이

현명한 자는 적으로부터 많은 것을 배운다.

아리스토파네스

너희 원수를 사랑하며, 너희를 핍박하는 사람을 위해서 기도하라.

신약성서

약한 것도 합치면 강해진다.

T·플러

분명 적이 없는 사람의 운명은 불행한 운명이다.

푸블릴리우스 시루스

한니발은 어떻게 이기는가는 알았지만, 어떻게 승리를 이용하는가
에 대해선 몰랐다.

플루타르코스

적은 우연히 좋은 충고를 줄 수도 있다.

T·플러

적(敵)에게 네 힘껏 상해(傷害)를 입히지 말라. 왜냐하면 그가 이후
에 네 친구가 될 수도 있기 때문이다.

사디

전쟁에는 승리의 대용물(代用物)이 없다.

D·맥아더

군인이 갖추어야 할 가장 중요한 자질(資質)은, 철저하며, 완전하고, 확고한 자신감이다.

G·S·패튼

총(銃)은 우리를 강하게 만들 것이요, 버터는 오직 살찌게만 할 것이다.

H·피링

자신이 힘만으로 지탱된다고 느끼는 미약한 존재만큼 오만한 것은 없다.

나폴레옹

힘으로 유지되어야 할 필요가 있는 것은
무엇이든지 불운(不運)하다.

필러

영국은 오늘날 장병들이 각자의 본분을 다할 것을 믿는다.

넬슨

강자가 있고, 약자가 있는 한, 약자는 구석으로 몰릴 것이다.

W·S·모옴

싸우지 않는 사람은 정복하지 못한다.

G·넬

너의 적을 사랑하라. 그들은 네 결점을 말해 주기 때문이다.

프랭클린

전쟁은 인류를 괴롭히는 최대의 역병이다.

루터

훌륭한 장군이란 실수를 가장 적게 저지르는 사람이다.

나폴레옹

전쟁은 죽음의 향연이다.

G·허버트

전쟁을 끝내는 가장 신속한 길은, 그 전쟁에 지는 것이다.

G·오웰

전쟁은 도둑을 만들고, 평화는 도둑을 교수형에 처한다.

생텍쥐페리

언제나 전쟁 준비가 되어 있는 것이, 전쟁을 피하는 확실한 방법이
라고 멘토르는 말했다.

페늘롱

싸움에 끼어드는 사람은 이따금 피투성이 코를 닦아야 한다.

J·게이

먼저 너 자신 속의 평화를 지켜라. 그러면 다른 사람들에게도 평화를 가져다 줄 수 있다.

토마스 아 켐피스

평화에는 두 힘이 있다. 정의와 예절이다.

괴테

병든 마음은 냉혹을 견디지 못한다.

오비디우스

평화는 가면(假面)을 쓴 전쟁이다.

드라이덴

세계의 평화는 인류가 서로 관용의 마음을 가짐으로써 공존하며, 인류가 분쟁을 공정하고 평화적인 해결 방법에 맡길 것을 요구한다.

케네디

평화가 보이지 않는다는 자는, 평화를 보려고 하는 노력을 게을리한 자다.

뮐러

평화는 인류의 가장 심오한 본능적인 소망이다.

케네디

평화로운 세상의 사람은 힘보다도, 이성과 지혜로
조립된 질서에 의하여 유지되어야 한다.

대망경세어록

평화는 우리들의 진정한 목표다. 다른 모든 노력은 평화를 위한 것
이다. 세계가 나의 조국이다. 전 인류가 나의 형제이다. 그리고 선한
일을 한다는 것이 나의 종교이다.

토머스·페인

다 같은 한 세계에 살면서, 모두가 제 각각 다른 사상의 세계에 산다
는 것은 슬프고 외로운 일이다. 그러나 다 같이 제 각각 다른 사상의
세계에 살면서, 서로 눈짓하고, 서로 포옹하고, 서로 이해의 미소를
주고받는다는 것은 얼마나 신비롭고 기쁜 일인가?

법구경

자신의 국가가 명예를 잃었다는 인상을 주는 것 없이, 대다수의 국
민이 열망하는 평화를 가져 오는 것이 중요하다.

모로아

평화로울 때의 군인은 여름철 굴뚝과 같다.

세실

평화는 모든 정의보다 더욱 귀중하다. 평화는 정의를 위해서 만들어지지 않으며, 정의가 평화를 위하여 만들어진다.

M·루터

평화시에, 전쟁시에 필요한 것을 대비해야 한다.

푸블릴리우스 시루스

평화의 달성은 신을 두려워하는 인간에게 있어서 가장 고귀한 작업이다. 평화의 달성은 정의의 길이며, 국민을 고양하는 것이다.

케네디

평화를 위한 장기적인 노력은 각국이 모두 치러야 한다. 그리고 이 노력은 어느 나라도 불참해서는 안된다. 이 목표는 어느 나라도 무관심할 수 없다.

케네디

탐욕이 적으면 적을수록 더 많은 평화를 가져온다.

T·윌슨

평화는 세상을 치료하고 향상시키는 마법이다.

W·윌슨

무장하지 않은 평화는 약하다.

G·허버트

아무것도 알지 못하는 사람이라도 마음의 평화를
유지할 줄 알면, 그의 지식은 충분하다.

M. 구앗즈

마음의 평정이 무엇보다도 좋다.

J·G·홀런드

평화와 자유는 쉽게 얻어지는 것이 아니다. 오늘날 여기에 있는 우리
들은 인생의 대부분을 불안과 시련과 위기 속에서 살지 않으면 안 될
운명에 놓여 있는 것이다.

케네디

평화는 힘으로 지탱될 수 없다. 평화는 신뢰에 의
해서 이룩될 수 있을 뿐이다.

아인슈타인

어느 한 곳에서 평화가 깨졌을 때, 다른 모든 곳의, 다른 모든 나라
의 평화도 위험하다.

F·D·루즈벨트

함께 괴로워 하고, 함께 울고, 함께 웃는 곳에, 모든 것을 함께 할
수 있는 영원한 평화가 깃들어 있다.

청담조사

평화를 위해서—세계 평화가 위기에 처
해 있을 때는, 위대한 인내와 참을성이
필요하다.

처어칠

평화를 사랑하는 것만으로는 충분하지 않다. 왜냐하면 산상의 수훈
(垂訓)이 축복을 준 것은 평화를 만들어내는 사람들에게 였다. 우리
들이 말하고 있는 시대는 많은 전쟁도발자들을 목격해 왔다. 역사
에 있어서의 우리들의 위대한 역할은 평화를 만드는 일이다. 그 역
할을 받아들이자.

케네디

각자가 자기 자신의 분수를 알고, 타인에게 타인
의 이익을 인정한다면, 영원한 평화는 즉시 이루
어지리라.

괴테

평화는 예술의 보모(保姆)이다.

셰익스피어

평화가 오느냐 안 오느냐는 개개인의 마음가짐에 따라서, 또한 여러 국민의 마음가짐에 따라서 좌우된다.

슈바이처

진정한 평화는 많은 나라가 협력해서 산출한 것이어야 하며, 많은 조치가 거듭된 다음 비로소 만들어지는 것이어야 한다. 그것은 정적인 것이 아니라 동적이며 각 시대의 도전에 응하기 위해서 변화하지 않으면 안된다. 평화는 하나의 과정이고, 문제를 해결하기 위한 하나의 방법이기 때문이다.

케네디

평화는 이상이다. 평화의 유지는 말할 수 없이 복잡한 것에 의해서, 불안정한 것에 의해서, 위협받고 있다.

헤세

평화란, 과연 무엇인가? 여기서는 싸움이 없는 평화만을 말하는 것이 아니다. 싸움 속의 평화를 말하는 것이다. 싸움이 나쁜 것이 아니라, 사념(邪念)의 싸움이 나쁘기 때문이다. 서(恕)란 무엇인고? 따짐이 없는 서만이 아니다. 따짐 속의 서를 말하는 것이다. 따지는 것이 나쁜 것이 아니라, 과거의 일을 따지는 것이 나쁘기 때문이다.

법구경

평화는 언제나 아름답다.

W·휘트먼

평화란 아름다운 것이다. 그러나 평화를 위한 예속은 모든 악 중에서도 가장 해로운 것이다. 우리들은 이에 관해서 죽을 때까지, 힘이 닿는 데까지 싸우지 않으면 안된다.

시세로

영리한 토끼는 구멍을 셋 가지고 있다. 한 구멍이 막혔을 때 다른 두 구멍으로 몸을 피한다. 사람도 그 몸을 지키려면 세 가지 요령이 필요하다. 즉, 첫째는 능란한 매가 발톱을 감추듯 자기의 날카롭고 영민한 점을 속으로만 깊숙이 간직하고 겉으로는 오히려 어리석은 척할 것. 둘째는, 그 마음을 청백하게 가지되, 탁한 속사(俗事)에 휩쓸릴 줄 알아야 한다. 항상 자기의 고고(孤高)함을 내세우고 속사(俗事)에 등을 보인다면, 남이 싫어하는 사람이 되고 만다. 요컨대, 기교(技巧)와 재능(才能)과 청백(淸白)을 속으로만 키우고 겉으로는 극히 어리석은 듯 평범하게 다른 사람 사이에서 어울려야 한다.

채근담

적(敵)에 대해서 가장 효과적인 대항책(對抗策)은 아군의 진실(眞實)에 있다. 진실하다면 적(敵)도 드디어 굴복할 것이다.

도스토예프스키

누가 그대에게 누군가가 당신을 욕하더라고 말하거든, 그 일에 대해서 변명하지 말고 차라리 이렇게 대답하라.
"그는 나의 다른 결점은 몰랐던 모양이군! 한 가지 욕만 했으니까!"

에픽테토스

땅 위에 그들은 동그라미를 그려놓고, 나를 그 동그라미 밖으로 몰아쳤다. 그들은 나를 업신여긴 것이었다. 그 후, 나도 이 땅 위에 하나의 동그라미를 그었다. 그러나 그 속에 나는 그들을 불러들였다.

에머슨

전쟁으로 인하여 황망한 벌판이 생겼다. 육신(肉身)의 욕망(慾望)을 쫓는 사람들로 인하여 더욱 황막해졌다. 그들은 생명의 환희(歡喜)를 쫓고있는 것이 아니라, 스스로 생명을 파먹고 있었다. '여러분, 시간이 되었습니다!' 나는 그들에게 이렇게 소리치지 않을 수 없다.

엘리어트

part 9

죄(罪)에
대하여

Analects of the World

범죄는 누구에게도 합법적일 수 없다.

키케로

이기주의는 유일하고 매정한 무신론(無神論)이며,
대망(大望)과 이타주의는 유일하고 진정한 종교이다.

장월

세상의 모든 죄악은 한 개의 사과로 말미암아 초래되었다.

서양 격언

피해자가 유명(有明)하든 무명(無明)하든 상관없이 살인죄(殺人罪)
는 모두 똑같다.

키케로

어려서부터 범죄를 배우면 그것은 성품의 일부가 된다.
오비디우스

증오와 원한을 영혼 속에 안고 있는 사람은, 사람을 잘 성나게 하며, 우울하게 하고, 또한 빨리 노화(老化)시킨다.
바하

사람은 저마다 자기 등에 죄악의 다발을 지고 다닌다.

J·플레처

정신을 흐리게 하는 것은 죄이다.

지이드

허물은 경솔하고 거만한 곳에서 생기고,

죄는 선(善)하지 않은 마음에서 생긴다.

명심보감

죄책감의 기원에는 두 가지가 있음을 알 수 있다. 하나는 권위에 대한 불안에서 생기는 것이며, 또 하나는 초자아(超自我·부친과의 동일시에서 형성되어 있는 무의식적 양심)에 대한 불안에서 생기는 것이다.

프로이트

우리는 속는 것이 아니다. 우리가 자기 자신을 속이는 것이다.

괴테

너희들 중에 죄 없는 사람이 있으면, 이 여인을 먼저 돌로 치라.

신약성서

모르고 악한 일을 하고, 즉시 이를 후회하고 새롭게 마음을 가진다면, 신은 그 사람을 용서하리라. 그러나 거듭 악한 일을 계속하는 자(者)는 반드시 그 벌을 받으리라.

코란

한 마리 곤충을 괴로움으로부터 구하는 것으로서 나는 인간이 생물에 대해서 줄곧 범하고 있는 죄의 얼마간을 감하려 하는 것이다.

슈바이처

한 가지 범죄로 만족하는 사람을 본 적이 있는가?

유베날리스

한 사람의 무고(無辜)한 자를 괴롭히는 것보다, 열 사람의 유죄인을 놓치는 편이 낫다.

블랙스턴

죄는 취소될 수 없다. 다만 용서될 뿐이다.

스트라빈스키

작은 죄는 처벌당하고, 큰 죄는 승리로서 축하받는다.

세네카

인간이 호랑이를 죽이려고 하는 경우에는 그것을 자신의 위안으로
생각하지만, 호랑이가 인간을 죽이려고 하면 사람들은 그것을 잔인
하다고 한다. 죄악과 정의도 이렇게 설정 된다.

버나드 · 쇼

죄는 죄를 동반하고 있는 까닭에 언제까지나 죄
는 계속되는 법이다.

톨스토이

만약 사람이 많은 허물이 있으면서도 스스로 뉘우치지 않고 마음을
놓아버리면, 모든 허물은 그 몸에 달려오기를 마치 냇물이 바다로
돌아가 점점 깊고 넓게 되는 것과 같은 것이다. 그러나 사람이 만약
허물이 있어 스스로 그 잘못을 깨달아 악을 고쳐 착함을 행한다면,
죄가 스스로 없어지는 것은 마치 병자가 값진 땀을 내어 차차 건강
해지는 것과 같은 것이다.

법구경

참 죄는 나에게 있다. 절대로 남이 잘못했다고 하는 생각을 갖지 말자. 저 사람을 기쁘게 하여 좋은 사람을 만드는 것도 내가 할 수 있고, 독사와 같이 나쁜 사람으로 만드는 것도 내가 할 수 있다.
청담조사

악과 청정(稱情)은 그대 자신에 의해서 좌우된다. 그대 자신이 죄를 범하고, 악을 생각하고 또는 그대 자신이 죄를 피하고 깨끗한 생각을 갖는 것이다. 다른 사람이 그대를 구할 수는 없는 것이다.
잠파아타

자기들의 위신을 세우기 위해서는 엄청나게 비열한 짓도 하는 것이 인간이다.
버나드·쇼

나는 죄를 저질렀다고 하기보다는, 저질러 짐을 당한 인간이다.
세익스피어

내 의견으로는 전 날의 죄를 용서받으려면 또 하나의 새로운 죄를 짓는 게 좋겠다. 아무데서나 마구 방화하고 약탈하면 된다. 죄인의 수가 많으면 벌 받는 자가 없어진다. 기껏 벌 받는자는 경범죄 뿐이고 중대한 범죄는 도리어 포상을 받을 정도다.
마키아벨리

자기의 과실이나 실책으로 인해 주눅이 들지 않도록 하라. 자기의
과실을 인식하게 하는 것만큼 교육적인 것은 없다.
카알라일

어찌 사람마다 새롭고자 하는 양심이 없으리오. 그대는 그 양심에 따라 악한 것을 버리고 착한 것을 행하고 옛 것을 버리고 새 것을 도모하라. 그러면 반드시 새로움을 찾으리라.

대학(大學)

악은 산마루에서 굴리는 돌과 같이 처음에는 아이도 밀 수 있지만, 계속된 악을 멈추는 일은 거인도 할 수 없다.

트렌치

죄를 저지르는 일은 인간이 하는 일이며, 자기의 죄를 정당화하려는 것은 악마가 하는 일이다.

톨스토이

죄에 대해서 두려워해서는 안된다. 나는 죄를 저지르지 않을 수 없다. 나는 죄를 저지르는 버릇이 되어 버렸다. 나는 악한 인간이다— 하는 등을 자신에게 말하지 않도록 하라. 살아있는 한 항상 죄와 싸우라. 오늘 아니면 내일, 내일 아니면 모레, 모레 아니면 죽을 때까지는 반드시 죄를 이길 수 있는 것이다. 이 싸움을 미리 포기한다면 인생의 가장 중요한 가치를 포기 하는 것이 된다.

톨스토이

훌륭한 판사는 죄를 나무라되, 죄인을 미워하지 않는다.

세네카

악은 한 번 당당하게 직면하면 악이 아니게 된다.

카아라일

죄인이 석방되면 법관은 비난받는다.

푸블릴리우스 시루스

모든 범죄 행위는, 그 속에 천벌(天罰)과 사라지지 않는 고통의 씨를 가진다.

롱펠로우

포식, 무위, 육욕은 그 자체가 나쁜 것이다. 그러나 더 나쁜 죄악은 남에 대한 악의와 증오의 죄를 낳게 하는 것이다.

톨스토이

부부간의 배신은 죄 가운데 가장 큰 죄다. 재산 많고 지위 높은 것과 관계없이 인덕없는 사람이 있다. 그가 먹여 살려주고 그의 신세를 가장 많이 진 부하들도 그를 욕한다. 그 사람은 전생에 부부간의 배신을 많이 한 사람이다.

청담조사

죄를 지어야 할 때 죄를 짓지 않은 것은, 죄가 그를 피한 것이지 그가 죄를 피한 것이 아니다.

아우구스티누스

최대의 범죄는 욕망에 의해서가 아니라, 포만(飽滿)에 의해서 야기된다.

아리스토텔레스

죄를 범하는 것은 인간적이다. 그러나 끈질기게 죄를 저지르는 것은 악마의 장난이다.

초서

이승에서 뉘우치고 저승에서 뉘우치고, 악을 행한 사람은 두 곳에서 뉘우친다. 죄를 지은 사람은 '나는 악을 행했다'는 생각에 번민하고 죄를 받아서 더욱 크게 고통 당한다.

법구비유경

잘들 있거라. 이 치욕을 지니고 더 이상 참아낼 수가 없다. 신체에는 아무런 결함이 없다. 먹는 것도 좋고 감방은 따뜻하다. 미국 사람들은 잘못을 곧잘 시정해 주고, 어느 면에서는 친절하기까지 하다. 정신적으로, 나는 읽을 것을 갖고 있고 내가 원하는 대로 쓸 수도 있다. 종이와 연필도 준다. 그들은 필요 이상으로 내 건강에 대해서 주의를 해 주며 담배를 피울 수도 있고 커피도 준다. 매일같이 20분 동안 산책할 수도 있다. 이와 같은 점으로 보아 온갖 것이 정상적이긴 하나, 내가 죄인이 된다는 사실 이것만은 도저히 참아낼 수가 없다.

R·라이

어떠한 범죄의 원천도 약간의 사려분별의 결여와, 약간의 이성(理性)의 착오, 혹은 욕망의 폭발적인 힘 때문이다.

홉스

범죄자의 이름이 클수록 죄상은 더욱 뚜렷해진다.

유베날리스

공익을 위한 범죄는 미덕으로 일컬어진다.

세네카

자기 죄를 뉘우치는 사람은 무죄(無罪)와 다를 바 없다.

세네카

신(神)도 죄지은 인간은 용서해 줄 수 없는 것이다.
A. 테니슨

자기의 죄악을 숨기기 위해서 거짓을 꾸미고, 자기
의 주장을 세우기 위해 거짓말로 억지로 우긴다. 하
나의 죄 위에 하나의 죄를 더하는 것이다.
법구경

죄는 그것이 금지되어 있는 까닭에 손상되는 것이 아니라, 마음이
손상되는 까닭에 금지되어 있는 것이다.
프랭클린

형벌은 모두 불행한 일이다. 모든 형벌은 그 자체가 악이다.

벤담

죄는 탈 없이 보호될 수는 있지만, 근심으로부
터 해방될 수는 없다.

세네카

범죄에 대한 최대의 동기는 욕망이다.

세네카

도피는 죄의 자백이다.

J·C·데이경

죄는 처벌을 면할 수 없다.

세네카

죄는 미워하되 죄인은 미워하지 말라.

세네카

문득 생각하니, 죄 많은 세상, 악한 인간!
될 수 있으면 죄 짓지 않고, 정결한 생활로
얼마 안되는 일생을 뜻있게 보내고 싶다.

법구경

우리들은, 우리들의 죄가 우리들에게 알려져
있는 경우에는 잊어버리고, 관대하다.
라 로슈프코

급히 재물을 모으려고 서두르는 자는, 죄를 모면치 못한다.
성서

바리새인이 한 여인을 끌고 와서 예수 앞에서 말했다.
"이 여자는 간음하다가 현장에서 잡혔는데, 모세의 율법에 이런 여
자는 돌로 치라고 했습니다. 선생은 어떻게 하려오?"
예수는 잠시 침묵을 지켰다. 그리스도를 좋게 생각지 않는 바리세인
들은 그 여자를 처벌하기 전에 그리스도를 곤경에 빠뜨리고자 한 것
이었다. 그리스도는 답변을 재촉하는 그들에게 입을 열었다.
"너희들 중에 누구든지 죄 없는 자가 이 여자를 돌로 쳐라."
성서(聖書)

하나의 죄(罪)는 다른 죄(罪)에 이르는 문(門)을 연다.
외국 속담

천재지변(天災地變)은 피할 길이 있으나, 자기가 뿌린 죄악은 모면할 길이 없다.

맹자(孟子)

어떠한 죄(罪)도 사랑과 노력과 인격(人格)으로 씻어낼 수 있으며, 구제될 수 있다.

괴테

많은 사람들은 상류 사회의 죄악은 엄격히 저울에 달지만, 자기 개인적 생활 속에 묻힌 죄악은 불문에 부친다. 정부(政府)나 사회 내부(內附)의 죄악은 알면서, 자기의 마음속에 있는, 자신만이 아는 죄악에는 뚜껑을 덮고 있다.

빌리·그래엄

재판은 가끔 죄악의 노예가 된다. 죄를 바로 잡으려고 하는 것이, 그만 죄로 끌려들고 마는 것이다.

톨스토이

한 알의 능금이 썩으면 같이 둔 다른 능금도 함께 썩어버린다.

외국 속담

우리가 이성(理性)을 떠날 때 죄악을 범하기 쉽다. 우리가 이성(理性)에만 치우칠 때 역시 죄악을 범하기 쉽다.

파스칼

part 10

악(惡)에 대하여

Analects of the World

자신의 힘으로 악을 구별하여 행할 수 있다면 자
유를 얻을 수 있다.

세네카

사람을 낚아 올리는 악마는 여러 가지 맛있는 미끼로 유혹한다.

괴테

악은 일정한 형태로 사람들 사이를 파고 든다.

불경

물은 불로서 끌 수 없고 물은 불로서 씻을 수 없는 것과 같이 원망
을 원망으로, 악을 악으로 갚으면 안된다.

불경

악행은 단순한 욕망에서 빚어진다.
마르켈리누스

악은 사랑의 결핍에서 생길 뿐만 아니라,
악은 사상의 결핍에서도 생긴다.
후드

우리는 숙달된 악행은 참으면서 새로운 악행은 비난한다.
푸블릴리우스 시루스

악(惡)임을 모르는 것이 아니다. 알면서 행하는 것이다. 선(善)임을
모르는 것이 아니다. 알면서 행하지 않는 것이다.

법구경

조그만 악(惡)이라도 그것을 행하지 말라.

공자

악한 사람에 대한 최선의 방비는 속임수다.

제노

인간들은 사악한 양념을 좋아한다.

롱펠로우

악은 아주 상냥한 태도의 녀석이어서…… 악(惡)
은 보면 볼수록 좋아하게 된다.

둘리

어떠한 악도 모르는 인간은 아무도 의심하지 않는다.

벤 존슨

신은 우리들에게 악을 보냄과 동시에 악을 정
복하는 무기도 보냈다.

캐롤

증오란 정당한 것이다. 부정을 미워할 줄 모르는 사람은 정의를 사
랑하지 못한다.

로망롤랑

성급한 사람치고 악인은 없는 법, 악인이란
끈질김 인것이다.

대망경세어록

누구도 단번에 몹쓸 악인이 된 적은 없다.

유베나리우스

죄의식이 인간을 범행으로 밀어내는 경우가
있다.

프로이트

모든 사람들이여! 인간 세상의 악이 어디서 나오는가를 알고 싶거
든, 누구보다도 먼저 그대 자신을 보라. 이것은 그대 자신이 먼저 악
의 샘이 되기 쉽기 때문이다.

루소

게으름은 모든 악행의 어머니이다.

서양 속담

아첨을 잘하는 것은 그 자신이 남보다 고귀한 생각을 가지지 못하
고 있기 때문에 저지르는, 비굴한 행동이다.

라·브뤼에르

거짓말은 눈덩이와 같다. 거짓말은 굴릴수록
점점 커져만 간다.

루터

모든 극단의 원인은 부덕(不德)이다. 그것은 사람에게서 나온다. 모
든 균형(均衡)은 옳다. 그것은 신으로부터 나온다.

라·브뤼에르

사람은 자기 마음이 청정하게 밝지 못하면 원망과 질투에서 벗어나
지 못하고, 남에게 의지하는 미신이 생기는 법이다.
청담조사

악이란 무엇인가—약함에서 생기는 모든 것이다.
니이체

악덕—불화 · 전쟁 · 비참. 미덕—평화 · 행복 · 조화(調和).
셸리

좋은 일을 하려고 마음 쓰기보다는 차라리 좋은 인간이 되려고 노력해야 한다. 빛나려고 생각하기보다는 차라리 더러움 없는 인간이 되려고 해야 한다. 인간의 영혼은 유리 그릇 속에 살고 있는 것 같은 것이다. 인간은 그 그릇을 더럽힐 수도 있고, 또 깨끗한 채 간직할 수도 있다. 그릇의 유리가 더럽지 않을수록 진리의 빛은 유리를 통해서 빛나고 있다. 즉 그 인간 자신을 위해서, 또는 남을 위해서 빛나는 것이다. 때문에 인간에 있어서 가장 중요한 것은 내면적인 것이며, 자기의 그릇을 더럽히지 않도록 하는 일이다. 언제나 자기를 더럽히지 않도록 하라. 그러면 그대 자신의 영혼도 밝아질 것이고, 또 남의 영혼도 비치게 된다.

톨스토이

'나는 악한 일을 하지 않는다'는 것만으로는 부끄러운 일이 아닐까.

법구경

악이란 우리들을 무한의 행복에서 격리시키고 있는 거리를 말한다.

로댕

모든 악행 중에서 위선자의 악행보다 더 비열한 것은 없다. 그는 가장 위선적인 순간에 가장 고결한 체하려고 한다.

로망롤랑

가장 잘 알려진 악은 가장 잘 견딜 수 있다.

리비우스

위선이란 악이 덕에게 표하는 경의(敬意)이다.

라 로슈프코

사람은 부정(不正)한 일을 해서는 안된다. 또
한 부정을 부정으로 갚아서도 안된다.

소크라테스

미움은 항상 무례 함에서 비롯된다.

톨스토이

사람은 때때로 남의 결점을 들추어냄으로서 자기의 존
재를 돋보이게 하려고 한다. 하지만 그는 그렇게 함으로
써 자기의 결점을 드러내는 것밖에 안된다. 인간은 총명
하고 선량할수록 다른 사람의 좋은 점을 발견한다. 그러
나 어리석고 짓궂을수록 타인의 결점을 발견한다.

톨스토이

게으른 사람이 이 세상에서 성공을 거둔 예는 한 번도 없다. 왜냐하
면 게으름과 졸음은 이미 반 죽음이 된 상태와 조금도 다름이 없기
때문이다.

하라버어튼

속인 자를 속이는 것은 이중의 기쁨이다.

자기보다 나은 사람에게 아부하는 사람은, 자기보다 못한 사람을 경멸하기 쉽다. 그러나 자기보다 못한 사람을 지나치게 두둔한다고 해서 그 사람이 정당한 사람이라고는 할 수 없다. 왜냐하면 이런 사람은 흔히 자기보다 나은 사람을 시기하기도 쉽기 때문이다.

경행록(景行錄)

악의 근원을 우리의 마음 바깥에서 찾는 것은 위험하다. 그렇게 되면 참회를 쉽게 할 수 없게 된다. 우리들의 악의 근원은, 마음속에서 찾아야 한다. 그렇게 되면 참회도 쉽게 할 수 있다.

로벨트슨

사람은 외부에서 일어난 죄악이나 잘못에 대해서는 크게 분개하면서도, 자기의 책임하에 있는 자기 자신이 저지른 죄악이나 잘못에 대해서는 분개하지도 않고 참회하지도 않는다.

파스칼

욕은 한 번에 세 사람에게 상처를 준다. 욕하는 사람, 욕하는 대상자, 욕을 전하는 사람이다. 그러나 이 중에서도 가장 심하게 상처를 입는 사람은 바로 욕설을 한 그대 자신이다.

물턴

사람이란 태어날 때부터 선인도 악인도 아니다.
따라서 선을 직접 정의해 버린다는 것은 커다
란 과오를 불러일으키는 근원이 된다.
대망경세어록

악마는 신보다 많은 순교자를 가지고 있다.
독일의 격언

악이 악이라는 것을 알거든 행하지 말라. 선이 선이라는 것을 알거든 행하라. 마음의 고결함이 충만해진다.

법구경

'악행은 유쾌한 것이며, 악(惡)을 행하지 않는 것은 어려운 일이다'라는 사고방식은 영국인들의 머리에서 도저히 제거할 수 없는 모양이다.

버나드·쇼

어리석은 사람은 악한 일을 하고도 깨닫지 못하고, 제가 지은 업(業)에서 일어나는 불길에 제 몸을 태우며 괴로워한다.

불경

이기주의(利己主義)는 인류 최대의 화근이다.

글랜스턴

사람이 먼저 잘못이 있더라도 다시 반복하지 않으면 빛을 받으리라.

석가

인간이 남을 속이는 것은 용서 받을 수 없는 불선(不善)인 것과 같이, 자기를 속이는 것도 불선(不善)인 것이다.

대망경세어록

악인 줄 알고 행하는 것은, 악을 알지 못하고 행하는 것보다 낫다. 왜냐하면 악이란 무지를 말하기 때문이다.

소크라테스

그대가 자연의 법칙에 역행하려 할 때, 그대는 이미 악의 세계로 향하고 있는 것이다. 자연은 항상 진실 그대로를 그대에게 보여주고 있지만, 그대는 두 개의 마음으로 자연을 바라본다.

브하그완

부덕(不德)이 우리들 곁을 떠나가면, 우리들은 마치 자신이 부덕을 포기한 양 믿고 우쭐댄다.

라 로슈프코

내가 알고 있는 최대의 희열은 음덕(陰德)을 베푸는 것이며, 음덕은 아무런 작위 없이 우연히 발견되는 것이다.

램

죄는 주인을 찾는다.

공자

악인은 타인을 해치기 전에 자기 자신을 먼저 해친다.

성 어거스틴

하느님은 악을 만들어 내면서도 그 자신은 악에 물들지 않았다.
간디

날카로운 것이 결코 악은 아니다. 악은 오히려 부드럽고 유연함으로
겉을 치장하고 있다.
브하그완

악마도 기뻐할 때는 선하다.
서양의 격언

신이 남자가 되었을 때 여자는 이미 악마가 되어 있었다.
스페인의 격언

선(善)이 선(善)인 까닭은 승리의 결과가 아니다. 따라서 패배(敗北) 속에서도 선은 있을 수 있다. 악에 악인 까닭은 패배의 결과가 아니다. 따라서 승리 속에서도 악은 있을 수 있다.

법구경

사람은, 죄책(罪責)없이 악행을 하기 위해서 이따금 선한 일을 한다.

라 로슈프코

모든 여타의 죄악들이 생기는 두 가지 근본적인 원인이 있다. 그것은 조바심과 게으름이다.

카프카

다른 사람의 악을 말하는 것은 나를 선(善)하게 하는 행동이 아니다. 다른 사람의 부정을 말하는 것이 나를 정의롭게 하는 행동은 아니다.

공자(孔子)

사람의 악을 벌하는 데 지나치게 엄격해서는 안된다. 그 사람이 받아 짊어질 수 있을 만큼 하도록 해야 한다. 또한 착한 것을 가르치는 데 있어서 지나치게 높은 이상을 표시해서는 안된다. 그 사람이 반드시 실행할 수 있을 만큼만 가르칠 필요가 있다.

홍자성(洪自誠)

선인은 이 세상에 많은 선(善)을 끼친다. 그럼에도 그들이 저지르는 최대의 해악은 사람을 선인과 악인으로 나누어 버리는 것이다.

와일드

용서받을 수 없는 유일한 악은 위선이다. 위선자의 후회는 그 자체가 위선이다.

W·해즐리트

어느 개인의 악의는 타인에게 해를 끼치지 않는다. 스스로 악의를 품고 있으면서 악의를 행하는 행위 자체가 해로운 것이다 .

아우렐리우스

한 사람이 행한 악은 악행을 행한 사람의 마음을 상하게 하며, 악행을 행한 사람의 행복을 빼앗아가고 만다. 악행은 언제나 그 악을 행한 사람 자신에게 갚음이 되어 되돌아오기 때문이다.

불경

그대가 이 세상에 살고 있는 한, 그리고 그대가 '완벽함'을 구하고 있는 한 그대는 악의 베개를 베고 잠자지 않으면 된다. 완벽함이란 무엇인가? 그대는 과연 이 세상에서 '완벽함'을 찾을 수 있을까? '완벽'은 신(神)의 나라의 용어(用語)이다.

브하그완

악마는 인간을 유혹하지는 않는다. 오히려 악마를 유혹하는 것은 인간이다.
조오지·엘리어트

악행은 덕행보다 언제나 쉽다. 악행은 모든 것에 있어서 지름길로 가는 것처럼 보이기 때문이다.
존슨

어떠한 악이건 봉오리 때엔 쉽사리 문질러 없앨 수 있으나, 성장함에 따라 제거하기는 더욱 어렵다.
키케로

악인을 아끼는 사람은 선인을 해친다.
푸블릴리우스 시루스

사람의 선과 악은 그 사람의 마음 안에 있다.
에픽테토스

악에 대해 굴복하지 말고, 더욱 더 용감하게 공격하라.
베르릴리우스

악은 즐거움 속에서도 고통을 주지만, 덕(德)은 고통 속에서도 즐거움을 준다.
골튼

악은 자신이 보기 흉하다는 것을 알고 있다. 그래서 가면(假面)을 쓴다.

프랭클린

죄악을 행하기 전에는 어리석은 자(者)는 달다고 생각한다. 그러나 때가 되어 행한 죄의 열매가 익으면, 그는 불행(不幸)의 쓴 맛을 맛본다.

법구경

악에 대해서 악으로 보복하는 것은 악을 늘릴 뿐 아무런 이득도 없는 우둔한 행동이라는 것만이 그리스도의 가르침은 아니다. 악에 대해서 폭력으로 대하지 말 것, 폭력과는 싸우지 말고 모든 폭력은 참고 견딜 것. 이것이야말로 인간 고유의 참된 자유에 도달하는 유일한 방법임을 그리스도의 가르침은 보이고 있는 것이다.

톨스토이

악으로부터의 해방이 선의 시작이다.

호리티우스

너무 좋은 것만을 찾는 것도 때로는 악이 된다. 왜냐하면 최선(最善)에의 추구는 때로 소수(小數)의 행복을 침해할 수도 있기 때문이다.

브하그완

악한 사람이 어진 사람을 해치는 것은 마치 하늘을 우러러 침을 뱉는 것과 같다. 침은 하늘에는 가지 않고 자기에게 떨어지는 것이요, 또 바람을 거슬러 티끌을 날리는 것과 같아서 티끌은 다른 사람에게 가지 않고 돌아와 자기에게 모일 것이니, 어진 자(者)는 해칠 수 없는 것이요, 재앙이 반드시 자기를 멸할 것이다.

법구경(法句經)〉

악(惡)은 필요하다. 만약 악이 존재하지 않으면, 선도 역시 존재하지 않는다. 악이야말로 선의 유일한 존재 이유이다.

아나톨 프랑스

악인은 자기 결점을 감추지만, 선인은 자기 결점을 가만히 놔둔다.

벤 존스

우리는 흔히 악하다든지 선하다는지 하는 말을 쓰고 있지만 그 기준은 뚜렷하지 않다. 이를테면 사람을 죽이는 것은 악이지만 전쟁터에서는 사람을 많이 죽여야 공로가 크다고 하는 것과 같이 선악의 구별은 분명하지 않은 것이다.

청담조사

모든 악은 공개되면 위험이 적어진다.

세네카

악이 이따금 승리(勝利)한다. 하지만, 악이 선을 결코 정복(征服)할 수는 없다.

루소

왕(王)의 악행은 흙 속에 숨겨질 수 없다.

세익스피어

욕을 참는 것이 힘이 센 것이니 악한 마음을 품지 않는 까닭이며, 여기에서 편안한 마음과 씩씩한 기상이 나오는 것이다. 또 참는 사람은 악한 마음이 없어서 반드시 사람의 존경을 받는 것이다. 그리고 마음의 때(垢)가 멸해 깨끗해서 더러움이 없는 것이 가장 밝은 것이니, 천지(天地)가 있기 전부터 오늘에 이르기까지 십방(十方)에 있는 것을 보지 않는 것이 없고, 모르는 것이 없으며 듣지 않는 것이 없어 일체지(一切智)를 얻은 것이니 이것이 곧 밝음이니라.

법구경(法句經)

인간이여, 악(불행)의 장본인을 이젠 찾지 말도록 하라. 그 장본인이야말로 바로 당신 자신인 것이다. 당신이 행하고 있는 악, 또는 당신이 참고 견디고 있는 악 이외에 악이란 것은 없다. 그 어느 쪽이건 모두 당신 자신에게서 유래한 것이다.

루소

악인은 언제나 악하지만 성자(聖者)를 가장할 때가 가장 악하다.

베이컨

지옥으로 가는 길은 여행하기 쉽다.

비온

사람들은 자기 행위가 악하므로, 빛보다 어둠을 더 사
랑한 것이니라.

신약성서

악행은 자신에게 되돌아온다.

밀턴

타인(他人)의 마음속에 있는 악에 가장 너그럽지 못한 것이, 우리에
게 있는 선(善)이다.

M·마테를링크

악은 악과 사귀는 것이 가장 적합하다.

리비우스

악을 저지르는 사람은 자기 자신에 대해서 악을 저지르는 것이다.
불의를 행하는 사람은 자기 자신을 불행하게 만드는 불의를 행하는
것이다.

아우렐리우스

백색(白色)이 흑색(黑色)을 변화시킬 수 없고, 인간의 선이 악을 보
상하지도 용서하지도 못한다.

브라우닝

악인의 행복은 시냇물과 같이 흘러 사라진다.

라신

쓰러진 사람에게 짐을 얹는 것은 잔인한
일이다.

셰익스피어

우둔함은 죄악이다.

와일드

part 11

관용(寬容)과 용서(容恕)에 대하여

Analects of the World

‘용서는 하여도 잊을 수 없다’고 하는 것은 ‘용서할 수 없다’는 뜻
이다.

H·W·비처

한 번 용서받은 잘못은 다음에 두 번 저지른다.

G·하비

잊는다는 것은 용서 한다는 것이다.

F·S·피츠제럴드

용서는 곧 사랑이다. 사랑이 없는 사람은 쉽게 용서하지 못한다. 용
서하는 마음은 곧 받아들이는 마음이다.

브하그완

자신(自信)은 성공의 제 1의 비결이다.
에머슨

성공의 영광을 동경하는 것을 책망해서는 안된다. 다만 그 영광을
동경하여 시간을 허비하는 것은 책망 받아야 한다.
포앙카레

다른 사람의 잘못에 대해서는 관용을 베풀라! 오늘 저지른 남의 잘못은 어제의 내 잘못이었던 것을 생각하라! 잘못이 없는 사람은 하나도 없다. 완전하지 못한 것이 사람이라는 점을 생각하고, 참된 마음으로 대해 주어야 한다. 우리는 어디까지나 정의를 받아들여야 하지만 정의만으로 재판을 한다면 우리들 중에 한 사람도 구함을 받지 못할 것이다.

세익스피어

미래를 두려워하는 사람은 실패를 두려워하여 자기의 활동을 제안한다. 하지만 실패는 자신을 가다듬는 좋은 기회이다. 성실한 실패는 조금도 부끄러운 것이 아니다. 실패를 두려워하는 마음속에 치욕이 있는 것이다.

헨리 포드

남에게 관대한 생활을 할 수가 있다면, 그 사람의 앞길에는 발전만이 있을 뿐이다. 그러나 남에게 관대한 생활을 할 수 없다면, 항상 끝없는 퇴보만이 되풀이 될 뿐이다.

대망경세어록

용서하는 것은 좋은 일이다. 그러나 잊는 것은 더욱 좋은 일이다.

브라우닝

마땅히 다른 사람의 잘못은 용서하되 나의 잘못은 용서하지 말고,
마땅히 나의 곤궁은 인내하되, 다른 사람의 곤궁은 도와 줄지어다.
채근담

남을 이해하고 관용을 베푸는 것, 이것은 곧 자연의 순리에
따르는 일이다. 이러한 사람의 일생은 강물이 스스로 흐르
듯이 순탄하다.
브하그완

영원한 불멸의 신들은, 많은 악인들을 오랜 세월에 걸쳐
언제나 관용하지 않으면 안되었으므로 결코 분노를 느끼
는 일이 없다. 또한 신들은 온갖 방법으로 인간을 애호한
다. 그런데 곧 사멸되어야 할 운명에 놓여 있는 인간은, 자
신이 악인의 한 사람이면서, 악인에 대하여 참는 일에 왜
관용하지 않는가?
아우렐리우스

남에게 많은 것을 용서하고, 자신에게는 무엇 하나 용서하지 말라.
시로스

그대에게 죄를 지은 사람이 있거든, 그가 누구이든 그것을 잊어버
리고 용서하라! 그 순간에 그대는 용서의 행복을 알 것이다. 우리에
게 남을 책망할 수 있는 권리는 없는 것이다.
톨스토이

사람들은 자신들이 사랑하는 사람보다, 자신들이 두려워
하는 사람들에게 더 너그럽다.

G·W·하우

솔직함과 관대함은 적당한 정도를 유지하지 않는다면, 우리를 파멸
로 인도한다.

브라우닝

과실을 범하는 것은 인간적이다. 그러나 용서하는 것
은 더 인간적이다.

A·포우

과실(過失)의 고백은 무죄의 전 단계이다.

시루스

가장 고귀한 복수는 관용을 베푸는 것이다.

본

왕후의 관용은 민중의 충성을 얻기 위한 하나의 정략
에 지나지 않는다.

라 로슈프코

다른 사람이 나를 속이고 있다는 것을 안다 할지라도, 이를 탓하지 말고, 다른 사람이 나를 모욕하는 일이 있다할지라도, 이를 용서 할 수 있는 사람의 마음은 말할 수 없이 깊고 넓다.

채근담

자기의 죄과를 용서해 주기를 바라는 사람은, 다른 사람에게도 그러한 상황이 올 때 용서해야 하는 것은 당연하다.

호라티우스

용서는 보복보다 낫다. 용서는 온화한 성격의 증거이지만, 보복은 야만적인 성격의 증거이기 때문이다.

에픽테토스

너그러운 마음씨는 사나운 혀를 고쳐 준다.

호메로스

사실, 너그러운 사람은 자기가 받는 것 보다 많이 지불하지 않는다.

T·플러

인생은 유한한 것이다. 이 유한한 삶 속에서 남을 미워하거나 용서하는 감정이 인간의 실패나 성공을 좌우한다.

브하그완

사람은 패배한 사건을 통해서 교훈을 배운다. 이긴 사건을 통해서 교훈을 배우는 일은 드물다.

보비 존스

인생 자체가 시행착오의 과정이다. 아무런 과오를 범하지 않는 사람은 아무 일도 하지 않은 사람이다. 우리는 실패에서도 교훈을 얻는다.

A·P·슬로온

너에게 해를 끼친 사람은 너보다 강하거나 약했다. 그가 너보다 약했으면 그를 용서하고, 그가 너보다 강했으면 너 자신을 용서하라.

세네카

용서를 받으려면, 용서하라.

세네카

우리의 지혜가 깊으면 깊어질수록, 우리는 더욱 관대해진다.

스타르 부인

너그럽게 용서하라. 그러면 너 자신에게 행복은 스스로 온다.

인도 속담

남의 과실을 생각하기 전에 먼저 내 자신의 과실을 돌아보자. 남을
책망하기 전에 먼저 내 과실을 돌아보자.

힐티

남을 용서하는 것을 배우라. 그러면 그대의 인생
은 광명이 될 것이다.

청담조사

관용이란 무엇인가. 그것은 인간애의 소유이다. 인간은 모두 약하고
과오를 행한다. 인간의 어리석음을 서로 용서해야 한다는 것이 자
연의 제일 법칙이다.

볼테르

복수할 때의 인간은 그 원수와 같은 수준이 된다.
그러나 용서할 때의 인간은 그 원수보다 고결한
수준 위에 있다.

베이컨

대장부가 마땅히 남을 용서할지언정, 남에게 용서를 받는 사람이 되
어서는 안된다.

명심보감

진실을 사랑하라. 그러나 잘못에 대해서는 용서하라.

볼테르

하나의 과오를 용서하는 것은, 많은 범죄의 모범이 된다.
푸블릴리우스 시루스

과오를 범하는 것이 인간이다.
세네카

우리는 우리가 사랑하는 사람들에게 대하여 공평(公平)하며, 자비롭고, 주의 깊게 대할 것을 언제나 주저할 필요는 없다. 우리는 우리가 사랑하는 사람들이나, 우리들 자신이 병에 걸리거나 죽음에 위협되는 때를 기다릴 필요는 없다. 인생은 짧다. 이 행로(行路)를 함께 가는 사람들의 마음을 즐겁게 하기 위하여, 사용하고도 남을만한 시간(時間)은 많지 않다. 우리는 선(善)한 자가 되기 위하여, 빨리 가지 않으면 안된다.
아미엘

남이 고생하고 있는 것을 보면, 어떤 때는 무한한 동정심(同情心)이 샘솟는 때가 있으나, 또 어떤 때는 그것을 보고 가장 참혹한 기쁨을 느끼는 때도 있다.
쇼펜하우어

성자(聖者)는 융통성이 있는 마음을 가지고 있다. 성자는 모든 사람의 마음에 자신의 마음을 적용해가는 것이다. 덕이 높은 사람에게는 덕으로써 대하고, 죄 깊은 자에게는 너그러움이나 미래에 높은 덕성(德性)을 가질 수 있는 사람으로서 대하는 것이다.

동양 격언

세상 사람들이여, 다른 사람을 심판하는 자는 용서 받을 수 없노라, 왜냐하면 아무리 바르게 심판한다 할지라도, 그 심판에 의하여서 그대 자신도 비방되는 것이므로…… 다른 사람을 심판하는 자는 그 자신도 심판 받으리라.

톨스토이

당신은 다른 사람의 결점을 알고 있다. 그러나 다른 사람의 어떤 하나의 행위가, 당신의 모든 생활보다 더 신성에 가까운 행위일 수 있다는 점은 모를 것이다. 당신은 그 사람을 비난한다. 그것은 당신의 마음속에 무거운 죄를 범하고 있는 것이다. 그 사람이 벌써 불행을 깨닫고 후회를 느끼며 눈물을 흘리기까지 하는데, 당신은 그 눈물을 보려고도 하지 않는다. 그가 뉘우치고 슬퍼하는 것을 보고, 신(神)은 이미 그를 용서해 주시고 있다. 그런데 당신은 아직 그를 책(責)하고 있는 것이다.

톨스토이

용서하는 것이 용서받는 것보다 낫다. 우리는 끊임없이 용서해야한다. 그럼으로써 우리 자신도 누군가로부터, 또는 신으로부터 용서받을 수가 있는 것이다.

러셀

자비(慈悲)는 다만 그것이 희생일 때에만 자비인 것이다.

톨스토이

우리는 믿을만한 사람 앞에서 고민을 이야기 하고 나면, 훨씬 기분이 가벼워지는 것을 경험 한다. 즉, 마음속에 꾹 들어앉았던 것들이 밖으로 배설되기 때문이다. 내가 아는 어떤 지방 유지(有志)는 몹시 고민에 서린 표정으로 나를 찾아왔는데, 그는 나하고 한동안 이야기를 하고 나자 마음이 든든해졌다고 하였다. 사실 그의 표정은 먼저와는 딴판으로 밝아진 것이었다. 고민은 마음에 갇혀 있을수록 그 사람 자신을 해한다. 관용이라는 것은 남에게만 필요한 것이 아니라, 자기 자신에 대해서도 필요한 것이다. 신경쇠약, 불면증 같은 것은 모두 그 원인이 자책(自責)의 감정에서 온다. 자책(自責)이 심하면 자학(自虐)하게 된다. 평화(平和)는 관용에서만 얻을 수 있다는 것을 늘 명심할 필요가 있다.

노만·필

part 12

성공(成功)과 실패(失敗)에 대하여

Analects of the World

나에게 있어 최대의 영광은 한 번도 실패하지 않은 것이 아니라, 넘어질 때마다 일어나는 것이었다.

골드 스미드

성공해서 만족하는 것이 아니라,
만족하고 있었기 때문에 성공한 것이다.

알랭

성공은 자기가 잘할 수 있는 것을 하는 것, 그리고 명성을 생각하지 않고 자기가 하는 일은 무엇이나 잘해 내는 일이다.

롱펠로우

실패는 사람을 강인하고 단단하게 만든다.
실패는 그 사람의 성격을 뜯어 고친다.
W·S·모옴

실패란 말은 좋은 말이다. '실패' 즉 손실이란 말
은 상인에게 붙어다니는 것이며, 언제나 상인을
자각하게 하는 역할을 하기 때문이다.
알랭

크게 성공하지 못할 사람은, 남이 하라고 하는 일을 할 수 없는 사람
과 남이 하라는 것밖에 하지 못하는 사람이다.
서양 격언

인생에 있어서 가장 중요한 것은 실패했다고 해서 낙심하지 않는 것
이며, 성공했다고 해서 기쁨에 도취되지 않는 것이다.
도스토예프스키

큰 일을 계획할 때는 약간의 행운이라도 바란다. 이것이 바로 실패
의 원인이다.
나폴레옹 1세

일이 불가능하다고 믿는 것이, 일을 불가능하게 한다.
T·플러

겁쟁이와 망설이는 사람에게는, 모든 것이 불가능
하게 보이기 때문에 불가능하다.
스코트

할 수 있다고 생각하기 때문에 할 수 있다.
베르릴리우스

기다릴 줄 아는 것이 성공의 첫번째 비결이다.
매스트르

성공에 있어서 가장 어려운 것은, 성공을 계속 유
지하는 것이다.
벌린

자기에 대한 신뢰가 성공의 제일 비결이다.
에머슨

뜻이 있는 자는 반드시 뜻을 이룬다.
후한서

그 계획을 성공시키는 것이 자기
로서는 불가능하다고 느낄 때에,
인간은 그 계획을 멸시한다.
보브나르그

실패는 진리가 성장하는 학교이다.
피이처

틀리는 것과 실패하는 것은 우리들이 전진하기 위한 훈련이다.

차닝

실패하는 것은 인간이고, 실패에 관용을 베푸는 것은 신(神)이다.

포우

사람은 늘 성공(成功)의 유혹을 받는다.

스파이존

대체로 성공한 사람들을 보면, 성공인들의 이기심(利己心)은 공정(公正) 밑으로 물러나가 있었다.
힐티

가장 우습고 가장 무모한 희망이 때로는 굉장한 성공의 원인이 된다.
보브나르그

가끔 평범한 인간이 비장한 결의로 성공하는 경우가 있는데, 이것은 그가 훌륭한 인물이어서가 아니라 실패에서 벗어나려고 노력한 결과이다.
몽메르랑

결단— 해야 할 일을 하겠다고 결심하라. 일단 결심을 했으면 어떠한 일이 있더라도 실행하라.
프랭클린

무슨 일이든지 시작을 조심하라. 처음 한 걸음이 앞으로의 일을 결정한다. 그리고 참아야 할 일은 처음부터 참으라. 나중에 참는다는 것은 더욱 어려운 일이다.
레오나르도·다빈치

사람은 일하기 위해서 이 세상에 태어난 것이다. 사색에 잠기고 꿈꾸고 감상하기 위해서 존재하는 것이 아니다. 모든 사람은 자기 능력에 따라 하고 싶었던 일을 할 때가 가장 빛나는 것이다. 자기가 하고 있는 일에 사랑과 신념을 가지지 못하는 사람은 불행한 사람이다.
카알라일

지금 당신의 눈앞에는 보이지 않는 성공의 사다리가 놓여 있다. 당신은 이 사다리를 타고 높이 올라갈 수가 있다.
슐러

사업은 처음 시작할 무렵과 목적이 거의 달성되어 갈 때가 실패하기 가장 쉽다.
베르네이유

위대한 능력을 갖추지 못했으면서, 위대한 존재라고 생각하면 비굴하다.
아리스토텔레스

가장 큰 위험은 승리의 순간에 있다.
나폴레옹

성공의 비결은 어떤 직업에 종사하더라도 제1인자가 되고자 하는 데 있다.
카네기

일반적으로 작은 일에 신경을 쓰는 사람은 큰 일을 이루지 못한다.
라 로슈프코

성공이라고 해서 공포와 불쾌감이 없는 것이 아니요,
실패라고 해서 만족이나 희망이 없는 것도 아니다.
베이컨

위대한 사람이 한꺼번에 그처럼 높은 곳에 오른 것이 아
니다. 경쟁자들이 단잠을 잘 때에 그는 일어나서 괴로움
을 이기고 일에 몰두했던 것이다. 인생의 보람은 잠자고
쉬는 데 있는 것이 아니라, 한 걸음 한 걸음 속에서 고난
을 극복 하는데에 있다. 성공의 한순간이 실패의 수년을
보상해 주는 것이다.
브라우닝

험한 언덕을 오르기 위해서 처음에는 천천히 걷는 것이 좋다.
세익스피어

그대는 거의 성공할 가망이 없는 어려운 일에도 애써 힘을 기울여야 한다. 왼쪽 손은 연습 부족 때문에 모든 일에 있어 무기력하지만, 오히려 줄을 꽉 붙잡는 점에 있어서는 오른손보다 낫다. 왼쪽 손은 이것을 연습하였기 때문이다.

아우렐리우스

성공은 사람이 얻을 수 있는 최고의 상(賞)이다. 명성은 제2의 재산이다. 그리고 이 두 가지의 은혜를 모두 누리고 있는 사람은 지상(至上)의 왕관을 물려받은 사람이라 할 수 있다.

핀다로스

최후의 승리는 출발점의 비약이
아니다. 결승점에 이르기까지의
견실(堅實)과 노력이다.

워너메이커

우리가 노력하는 것은 반드시
성공하고자 하는 데 있는 것이
아니다. 실패에도 실망하지
않고, 오히려 한 걸음 더
나아가는 데 있다.

G·스티븐즈

하나의 고상한 실패가 수많은 저속한 성공보다 훨씬 낫다.

버나드·쇼

네가 원하는 것을 모두 얻었을 때를, 조심하라. 살찐 돼지는 운이 나쁘다.

해리스

가장 높은 곳에 올라가려면, 가장 낮은 데서부터 시작하라.

푸블릴리우스 시루스

이 세상에서 성공하는 것은 비열하고 더럽혀진 인간뿐이다.

톨스토이

보지도 듣지도 못한 일에 관해서 괴로움을 당하지 말라! 자기와 전혀 관계없는 일에 뛰어들지 말라! 다른 사람이 그른 짓을 하고 있는 동안에도 자기만은 자기 완성의 길로 똑바로 나아가 성공하도록 힘쓰라.

카알라일

그대가 얻고 싶은 것을 다른 사람이 가졌거든, 남이 그것을 얻기 위해 노력한 만큼 그대도 노력하라. 이 세상의 모든 성공은 노력없이 얻을 수 없는 일이다. 남이 노력해서 얻은 것을 그대는 어찌하여 팔장을 끼고 바라보고만 있는가.

힐티

우리들이 해야 할 일은 항상 생각하고 궁리하는 데 따라 생기기 마련이고, 노력함으로써 이루어지게 마련이다. 그러나 한 가지 생각해야 할 것은 누구나 한 가지 일을 이루고 나면, 만족하고 교만해지는 까닭에 결국 실패한다는 것이다.
관자(管子)

성공은 대담무쌍의 아버지이다.
디즈레일리

신념이 강한 사람이 성공한다.
슐러

인간에게는 누구에게나 세 번의 기회가 있다. 어떤 사람은 이 상태(狀態)를 알지 못한 체 지나치고, 어떤 사람은 이 기회를 잘 잡아서 이를 유리하게 전개하여 성공한다.
몽고메리

성공은 용감(勇敢)의 아버지이다.
디즈레일리

성공이 성공을 거두는 것은 돈이 돈을 버는 것과 같은 이치이다.
참훠드

인간은 끝없는 열정을 품고 있는 일에는 성공을 한다.
C. 슈와브

적극적인 사고방식을 갖고, 모든 일을 적극적으로 추진하는 자는 완전함이란 개념에서 해방된 사람이다.
슐러

성공의 비결은 원하는 목표가 일정하고 변하지 않는 데에 있다. 하나의 목표를 가지고 꾸준히 나간다면 반드시 성공한다. 그러나 사람들이 성공하지 못하는 것은, 처음부터 끝까지 한 길로 나가지 않았기 때문이다. 최선을 다해 나간다면 쇠라도 뚫고 만물을 굴복시킬 수 있다.
디즈레일리

한 번도 성공을 하지 못한 사람에게 감미로운 것은 성공이다.
C. 디킨즈

성공은 결과이지 목적은 아니다.
플로베에르

다른 사람이 멸시하고 있는 일에 성공하는 것은 매우 훌륭한 일이다. 그러기 위해서는 타인과 자신을 이겨야 하기 때문이다.
몽떼르랑

성공이라는 말이 비록 50세에 죽은 백만장자를 의미한다 해도, 우리는 어떤 값을 지불하든지 성공해야 한다.
L·크로넌버거

바다는 메워도 사람의 욕심은 메우지 못한다.
우리 나라 속담

명(命)은 화창한 곳에서 생기고, 근심은 욕심이 많은 곳에서 생기고, 화는 탐냄이 많은 곳에서 생긴다.
명심보감

인생에 있어서 행복이나 성공은 환경에 의존하는 것이 아니고, 우리들 자신에 의존한다. 따라서 폭풍우나 지진에 의해서 파괴된 건물보다는 사람의 손에 의해 파괴된 건물과 도시가 더 많다.
러버크

당신이 적극적인 사고 계발로 당신 자신을 극복하여 새로운 가능성을 찾으려고 결심할 때, 당신은 당신의 장벽에 새로운 탈출구를 뚫을 수 있게 된다.
슐러

만약 처음에 성공을 하지 못했다면 다시 시
험하고 도전해보라!

히크턴

가장 조소받을만한, 가장 저돌적인 희망이 때로는 성공
의 원인이 된다.

볼테르

큰 일을 계획할 때는 새로 기회를 만들어내기 보다
는 눈앞의 기회를 이용하는 것이 현명한 일이다.

라 로슈프코

실패한 사람이 다시 일어나지 못하는 것은 그 마음이 교만한 까닭
이다. 성공한 사람이 그 성공을 유지 못하는 것도 역시 그 마음이 교
만한 까닭이다.

석가모니

성공하는 사람은 추(錐)와 같이 어떤 하나의 점을
향하여 끊임없이 전진한다.

보비

구한다 하는 것은 언제나 끊임없이 계속해서 구함을 말한다. 그리고 구하지 않는 자(者)에겐 아무 것도 베풀어 주는 것이 없다 해도, 그것은 조금도 나쁜 일이 아니다. 구하지 않는 자에게 아무리 지식이나 정신 능력이 있다 할지라도 그것은 성공하기 어렵다.

성서

너의 운명은 언제나 너를 위하여 보다 훌륭한 성공을 준비하고 있다. 그러므로 오늘 실패한 사람은 내일 성공할 수 있다.

세르반테스

성공하기를 바라는 자(者)는 자기 자신 및 타인에 대한 마음의 안정, 정신의 평화를 생각해야 한다.

힐티

이 세상에서 성공의 비결은 타인의 관점(觀點)을 잘 포착하여, 다른 사람의 입장에서 사물을 볼 줄 아는 능력을 말한다.

B·포오드

한 마리의 개미가 한 알의 밀을 물고 가는데 예순 아홉 번을 놓치더니 일흔 번째에 목적을 이루는 것을 본 어떤 사람이 용기를 회복하여 적과 싸워서 드디어 이겼다는 옛날 영웅의 이야기가 있다. 이것은 진리로써, 성공의 비결을 말한 것이다.

스콧

결코 성공은 팔장을 끼고있는 자를 손짓해 부르거나 일부러 길을 열어주지 않는다.

서양의 격언

성급히 성공을 바라는 사람은 대개 남의 성공을 시기하는 마음이 강하다. 시기한 끝에 중상모략을 하게 된다. 이러한 방법으로는 절대 성공하지 못한다.

동양의 격언

우리가 인생에서 성공하기 위해서는 어리석은 것처럼 보이면서도 속으로는 영리해야 한다.

몽테스키외

고난이 크면 영광도 크다.

키케로

인간은 일을 할 수 있는 동물이다. 인간은 일을 할수록 끝없는 힘이 솟아나기 때문에, 마음만 먹으면 어떠한 일도 해낼 수 있다.

이기고도 지는 수가 있고, 지고도 이기는 수가 있다.

법구경

자기의 마음을 감추지 못하는 사람은 어떠한 일도 성공하지
못한다.
카 알라일

나는 곤란한 일을 극복하려고 기도한다. 곤란의 극복 없이 보기좋게
성취되는 일이란 없다.
오비디우스

이기는 것만 알고 지는 것을 알지 못한다면, 그 자
신에게 화가 미치리라.
대망경세어록

성공은 멋진 그림물감이다. 지금까지의 모든 실패를 칠해 버린다.
서클린

인생은 학교다. 그리고 인생에서의 실패는, 성공
보다도 훨씬 뛰어난 교사다.
그라닛스끼

인간에게 최상의 성공은 실패 뒤에 온다.
F·비처

이 세상에서 성공의 비결은 실패한 사람들 밖에는 모른다.
콜린즈

성공하기 위해서는 다음과 같은 두 가지 방법이
있다. 자기 자신의 노력에 의하는 것과 남의 어리
석음을 이용하는 것이다.
라 브뤼에르

근면은 성공의 어머니이다.
돈·구이소

성공은 선(善)을 추구하는 욕망으로부터 이루어진다.
브하그완

출세하기 위해서는 정신보다 습관이 중요하다. 또한 경험이 필요하
다. 사람들은 이것을 너무나 늦게 깨닫게 된다. 이것을 깨달았을 때
는 이미 모든 실수를 저질러 만회할 시간조차 없게 된다. 생각컨대
성공하는 자가 극히 드문 이유도 이 때문이다.
라 브뤼에르

성공의 영광을 동경하는 것을 책망해서는 안된다. 다만, 그 영광을
동경하여 시간을 허비하는 것은 책망받아야 한다.
포앙카레

자기 힘 이상의 것을 창조하려고 하여, 그로 인해서 쓰러지는 사
람을 나는 사랑한다.
니이체

성공의 첫째 비결은 자신감이다.
에머슨

만약 당신의 인생에 대해서 당신이 계획을 세우지 않는다면 이것은
당신이 실패할 것을 계획하는 것과 같다.
슐러

당사자에게 올라가려는 의욕이 없으면 사다리를 올라가게 할 수 없다. 좋은 기회를 만나지 않는 사람은 한 사람도 없다. 그것을 포착하지 못했을 뿐이다.

카네기

앞에 가던 마차가 전복되는 것을 보고, 뒤에 따라가던 마차는 조심하지 않을 수 없는 것과 같이, 현명한 사람은 먼저 사람의 실패를 귀담아 들었다가 앞날에 닥칠 일을 대비 해야 할 것이다.

논어

자기가 유용한 사람이라는 자신을 갖는 것만큼, 사람에게 있어서 유익한 것은 없을 것이다.

카네기

성공은 그 결과로 측정되는 것이 아니라,
노력의 과정으로 측정되어야 한다.

에디슨

나는 국가에서 '가장 영광스러운 실패'라는 상을 제정하기를 바란다.
그리고 해마다 극복하기 어려운 문제를 해결하려고 애쓰다가 실패
한 주인공을 찾아 그 상을 시상했으면 한다. 물론 그와 같은 사람들
이 완전히 실패한 것이 아니라는 것은 잘 알고 있다. 그들은 오히려
개선 용사들처럼 성공할 사람들이다.

슐러

공동의 실패는 모두에게 위안이 된다.

라틴 격언

모든 땅이 모든 것을 길러낼 수는 없다.

베르릴리우스

우리는 모든 일을 다 할 수는 없다.

베르릴리우스

실패는 낙망의 원인이 아니라, 신선한 자극이다.

사우잔

실패한 일에 대해서 자기를 괴롭히지 말라. 인간은 실패한 일 때문에 괴로워한다. 이것은 다음 일을 실패로 이끄는 원인도 된다. 한 가지의 실패는 그것으로 끝을 맺는 것이 중요하다. 자기 학대의 모든 감정은 체념이 부족한 까닭이다. 자기 학대의 감정은 자기를 해칠뿐만 아니라 남까지 해친다.

러셀

때때로 실패는 자본의 결핍 보다는, 에너지의 결핍에서 일어난다.

D·웹스터

최후의 실패가 진정한 실패이다.

서양 격언

만일 그대가 어떤 일을 성취하기 어렵더라도, 그것이 인간에게 불가능하다고 생각해서는 안된다. 인간은 무슨 일이나 할 수가 있으며, 인간성에 부합하는 것이라면, 자기도 이룰 수 있는 것이라고 생각해야 한다.

아우렐리우스

끝나 버리기 전에는, 무슨 일이든 불가능하다고 생각하지 말라.

키케로

원하는 것을 다 할 수 없으므로, 할 수 있는 것을 원해야 한다.
테렌티우스

확실성을 요구하여 우물쭈물하는 사람은
결코 큰 일을 이루지 못한다.
엘리어트

한 걸음 한 걸음 천천히 걸어도 종국에 도달할 수 있다고 생각해서
는 안된다. 한 걸음 한 걸음이 그 자체로서 가치가 있어야 한다. 커
다란 성과는 가치 있는 조그마한 것들이 모여 이룩되는 것이다. 살
찐 성과를 얻으려면 한 걸음 한 걸음이 힘차고 충실해야 한다.

단테

바보들에게 감사하자. 만약 그들이 없었다면 우리는 성공할 수 없었
을 것이다.

마크 트윈

이 세상에서 성공하기 위해서는 바보스런 용
모를 가지고, 현명하게 생각해야 한다.

몽베스키외

성공과 실패는 항상 같은 선상에 있다.

브하그완

신을 믿기 위해서는 신이 존재 해야 하고, 성공하기 위에서는 목표
가 존재 해야 한다.

도스토예프스키

당신의 문제를 빨리 해결하라. 그렇지 않으면,
그 문제에 당신이 얽매이게 될 것이다.

슐러

민첩하고 기운차게 활동하라. ‘그렇지만’이라든지, ‘만약’이라든지, ‘왜 그러냐 하면’과 같은 말들을 앞세우지 말라. 이런 말들을 앞세우지 않는 것이 승리의 제1조건이다.

나폴레옹

대의(大義)를 위해 죽는 자는 실패하는 일이 없다.

바이런

겉으로 나타난 한 때의 성공에 안심하지 말라.
일의 결말이 어떻게 되는가를 주시(注視)해야 한다.

힐티

만약 그대가 평범하지만 꾸준함이 있다면, 그대는 성공하리라.

보마르세

사소한 일에도 목표를 세워라. 그러면 당신은 반드시 성공할 것이다.

슐러

성공은, 바보를 현명하게 보이게 한다.

H·G·본

일의 성패는 반드시 작은 일에서 생긴다.

회남자

칭찬받고 싶은 마음, 재물을 얻고 싶은 마음, 이 두 가지는 성공하지 않으면 이루어지지 않는다. 그렇기 때문에 많은 사람들은 성공에 갈증을 느끼고 있다.
힐티

신념(信念)에 사는 사람에게는 성공(成功) 여부는 문제가 되지 않는다. 신념이 강한 사람은 자기 자신과 다른 사람과의 정신의 평화를 중대시하고, 성공 여부는 작은 것으로 생각한다.
티르

성공(成功)에는 외면적(外面的)인 것과 내면적(內面的)인 것의 두 가지가 있다. 일반 사람들이 바라는 것은 외면적인 성공이다. 그러나, 인생에 있어서의 참된 성공은 높은 인간적 완성(人間的完成)과 내용적(內容的)으로 실력을 갖춘 활동력(活動力)에 있다. 외면적인 성공과 내면적인 성공이 일치하는 경우이면 더 말할 것 없이 좋은 것이지만, 때로 이 두 가지는 상반된다. 자기의 인간성(人間性)을 높이고 혹은 진실로 더 큰 자기의 힘을 키우기 위해서는, 어떤 외면적인 명성이나 지위를 버려야 하는 경우도 있는 것이다. 즉, 내면적인 참된 성공을 위해서 외면적인 성공이 희생되는 것이다. 다시 말하면, 내면적인 성공의 길은 잠시 외면적으로는 불성공(不成功)으로 나타나기도 한다는 것이다.

힐티

돈으로 신용을 얻으려고 하지 말라.

신용으로써 돈을 만들려고 하라.

세미스트·크레스

이 세상의 재물은 많은 사람들이 나누어 가질 수 있을 만큼 풍부하지가 못하다. 경쟁에 이긴 소수의 사람만이 재물에 의한 행복의 소유자가 될 수 있다. 이것이 현실(現實)이니 무슨 수단, 무슨 술책을 써서라도 경쟁의 승리자가 되는 수밖에 없다는 생각이 현대의 대부분의 사람의 머릿속을 차지하고 있는 듯하다. 결국 도덕적(道德的)인 교양이라는 것은 필요치 않다는 것이다. 수단(手段)과 술책(術策)이 문제라고 한다. 모든 사람들이 도덕적인 입장을 버리면 어떻게 될까? 사회는 차고 밀고 덮치는 일대 난투장(亂鬪場)이 되고 말 것이다. 아니, 그 난투장은 차라리 불문에 부치고, 그런 사람이 과연 그의 소신(所信)대로 영달을 하고 행복을 얻을 수 있을 것인가를 알아보자. 그들이 가장 현실적이라고 생각한 수단과 술책으로 실제로는 전혀 무력하다는 것이 증명될 것이다. 술책으로 농(弄)하던 사람으로서 영달하고 행복된 사람을 나는 일찍이 보지 못했다.

힐티

사람의 처세법에 있어서 가장 필요한 것은, 정(情)에 쏠리지 말아야 하며, 이치에도 쏠리지 말고, 두 가지를 다 조합할 줄 알아야 한다는 것이다.

나폴레옹

마음이 고상한 사람은 불성공(不成功)을 이유로 해서 정신적으로 멸망하는 일은 극히 드물다. 그러나 반대로 지나치게 빠른 성공(成功)이나 너무나 완전한 성공 때문에 멸망하는 사람은 이루 말할 수 없이 많다. 이 사실은 무엇을 말하는 것인가? 사람의 천성(天性)은 온전한 행복을 담아 둘 수 없다는 것을 말한다.

힐티

성공(成功)은 차라리 늦을수록 좋다. 왜냐하면. 일반적으로 빠른 성공은 사람의 나쁜 성질(性質)을 잡아 일으키고, 불성공(不成功)은 좋은 성질을 키워 내기 때문이다.

힐티

part 13

겸손(謙遜)에
대하여

Analects of the World

겸손도 지나치면 교만이 된다.
영국 격언

스스로 굽히는 사람은 중요한 일을 잘 처리하고,

이기는 것을 좋아하는 사람은 반드시 적을 만드느니라.
경행록

진실로 겸양한 사람은 자기 자신의 일을 결코 말하지 않는다.
라 브뤼에르

겸손은 신이 인간에게 내린 최고의 덕(德)이다.
브하그완

누구든지 자기를 높이는 자는 낮아지고, 누구든지 자기를 낮추는 자는 높아지리라.

신약성서

기고만장하는 것보다 허리를 굽히는 쪽이 더 슬기롭다.

위즈워드

마음은 겸손하고 소박하게 가져야 한다. 마음이 겸손하고 소박하면 곧 의리라는 것이 들어와 자리 잡는다. 마음 속에 의리라는 것이 들어와 자리 잡으면, 자연 그 마음 속에는 허욕이라는 것이 들어가지 못한다.

채근담

겸손은 사랑을 불러 일으킨다. 진심에서 우러나오는 겸손은, 이 세상에서 가장 사람의 마음을 이끄는 것이다.

톨스토이

겸손하지 못한 사람은 언제나 타인을 비난한다. 그런 사람은 타인의 그릇된 것만을 비난한다. 그럼으로써 그 사람 자신의 욕망과 죄과는 점점 더 커져 가는 것이다.

톨스토이

약자의 양보는 두려움에서 오는 양념이다.

E·버크

겸양은 아름다운 현실이다. 하지만 겸양이 지나치면 공손하고 삼가함을 떠나 비굴이 되어 원래의 마음과는 멀어진다.

홍자성

자신이 의식한 겸손은, 겸손이 아니다.

에센바흐

자기 자신에 대해서는 엄격하라. 남에 대해서는 항상 겸손하라! 그때 당신에게는 적이 없어질 것이다.

중국 격언

공손한 사람은 남을 업신여기지 않고, 검소한 사람은 남의 것을 빼앗지 않는다.

맹자

좁은 길은 한꺼번에 둘이 갈 수 없다. 그럴 때 서로 먼저 가려고 한다면 둘 다 가지 못한다. 이런 때는 한 걸음 멈춤으로써 타인을 먼저 가게 할 줄 알아야 한다. 또 맛좋은 음식은 누구나 다 좋아한다. 비록 맛있는 음식을 자기 혼자 먹게 된 것일지라도, 약간은 타인에게 맛보도록 할 줄 알아야 한다. 이와 같이 세상의 모든 일에 대해서 한 걸음 양보하고 서로 나눠 먹을 줄 안다면 세상을 안락하게 살아갈 수 있을 것이다.

채근담

자기 몸이 귀하다고 하여 남을 천하게 여기지
말고, 자기 신분이 높다고 하여 남의 낮은 신분
을 업신여기지 말라.

강태공

겸양하라 ! 겸양하라! 왜냐하면 그대는 아직 위대하지 못하기 때문
이다. 진실로 겸양함은 자기완성의 토대인 것이다.

톨스토이

진실로 겸손한 사람은 남에게 칭찬을 들었을 때나, 험담
을 들었을 때나 변함이 없다.

장 파울

남자에게서의 겸손은 죄악이다.
겸손은 여자의 미덕이다.

F · 워드

부유하기가 사해(四海)를 소유했더라도, 겸손으로써 지켜라.

공자

겸양이 결여된 삶은 불유쾌하다.

보나르

참으로 위대한 인간에게 최초의 시련은 겸손이다.
존·러스킨

고상하면 할수록 더욱 겸손해진다.
J·레이

참으로 용기있는 사람만이 겸손할 수 있다. 겸손은 자기를 낮추는 것이 아니라 오히려 자기를 세우는 것이다.
브하그완

먼저 겸손을 배우려고 하지 않는 자는 아무것도 배울 수 없다.
O·메레디드

겸손할 줄 모르는 사람이 성공한 것을 본 적이 있는가? 겸손은 인생에서 성공하기 위한 첫 번째 열쇠이다.
슐러

아무리 겸손한 사람이라도, 자신에 대한 찬사를 들으면 즐거움을 가지기 마련이다.
G·파커

언제나 자기에게 해당하는 능력보다 낮은 지위를 갖으라.
남에게 내려가라는 말을 듣는 것보다 올라가라는 말을 듣
는 편이 낫다. 자기 스스로 높은 곳에 앉은 사람을 신(神)은
아래로 내리밀고, 스스로 겸양하는 사람을 신(神)은 부축해
올린다.

탈무드

좋은 군대는 조급하지 않다. 숙련된 군사는 성급하지 않다. 사람을
부리는 것이 능란한 사람은 언제나 겸손하다. 겸손은 무저항의 덕
이라고 할 수 있는 것이며, 천명(天命)과 일치하는 것을 말하는 것
이다. 노자

평범한 능력밖에 없는 사람들의 겸양(謙讓)은 거짓이 없지만,
뛰어난 재능을 지닌 자들의 겸양은 위선(僞善)이다.

쇼펜하우어

경멸은 언제나 지나치게 공손한 말 속에 교묘하게 숨어 있다.

스탕탈

위선적인 겸양이 생긴 순간에 겸양은 소멸 한다.

마크 트윈

제아무리 겸허를 가장하고 성실과 솔직을 가장하면서 정열을 감추려 해도, 정열은 항상 베일을 뚫고 드러난다.

라 로슈프코

이 세상을 살아 나가는 데는 결코 다른 사람들과 앞을 다투어선 안 된다. 언제나 한 걸음 양보할 줄 알아야 한다. 이렇게 하는 것이 자기 자신의 인격을 높이는 것이며, 다른 사람보다 높은 지위에 앉게 되는 근본이 되는 것이다. 즉 한걸음 물러선다는 것은 다시 두 걸음 나아갈 수 있는 힘이 되기 때문이다.

채근담

사람은 부족함을 깊이 깨달으면 깨달을수록 좋다. 이것이야말로 행복의 출발이다. 인생에 대한 하염 없는 겸손! 이것 없이는 사람은 항상 헤매이게 될 것이다.

빌리 그레이엄

우쭐대고 뽐내지 않는 인간은 자신이 믿고 있는 것 보다 훨씬 더 큰 인물이다.

괴테

겸손의 체득과 이기주의자가 아닌 것, 이것이 사람들이 칭송하고 너그럽게 보는 미덕이다.

모로아

내가 좋아하는 사원(寺院)은 겸손한 마음이다.

P·J·베일리

참된 겸손은 만족이다.

아네엘

겸양은 찬사를 바랄 때의 유일한 미끼다.

체스터피 일드

겸손은 가장 획득하기 어려운 미덕이다. 자기 자신을 좋게 생각하려
는 욕망보다 더 어리석은 것은 없다.

T·S·엘리어트

겸손은 모든 미덕의 근본이다.

T·J·베일리

겸손에는 부끄러움이 없다.

루소

교만과 겸손, 이 두 가지 중에서 하나를 선택하라고 한다면, 당신은
어느 쪽을 택하겠는가? 당신의 선택이 당신의 인생을 좌우한다.

슐러

겸손하고 양보하는 마음은 인격을 완성하는 데 있어서 절대 필요한 양식이다. 이러한 인격 완성의 양식이 떨어지면 사람들은 교만하고 악해진다.

존·러스킨

아무리 겸손한 사람일지라도, 그의 가장 친한 친구가 그를 생각하는 것보다 훨씬 높이 자신을 생각하는 법이다.

바하

겸양에 대해서는 예수와 소크라테스에게서 배운다.

프랭클린

인간은 자기를 높이 평가할수록 남에 대하여 미움을 가지기 쉽다. 인간은 겸허하면 겸허할수록 화(火)를 내는 일도 그만큼 적다.

톨스토이

자신의 힘을 깨달으면 겸손해지기 마련이다.

세잔느

용기와 힘을 함께 갖춘 자는 결코 교만하지 않다. 힘이 있는 자의 겸손은 진실이며, 약한 자의 겸손은 거짓이다.

브하그완

part **14**

인내(忍耐)에
대하여

Analects of the World

인내는 목적을 이루지만, 서두름은 패망으로 이끈다.

사디

오늘 일어나는 일이 무엇이든 간에 참고 견디라.
이것이 내일을 찬미케 하는 유일한 길이다.

갤리엔

용서하는 것이 하나님다운 것과 같이 극한을 이겨내는 것은 사람답다.

J·포드

자기가 만들어 놓고 참아냈던 모든 것을 기억하고 있는 사람에게는,
오랜 세월이 지나면 슬픔까지도 기쁨이 된다.

호메로스

만약 그대가 노(怒)하였을 때에는 열을 세고, 참을 수 없을 정도로
노(怒)했을 때에는 백을 세라.
파스칼

행복하게 되기 위해서는 많은 시간이 필요하다. 행복도 인내이다. 그리고 우리에게서 시간을 빼앗는 것이야말로 돈의 낭비인 것이다. 부자가 된 것은 행복해 질 수 있도록 시간의 여유를 갖게 한다.

까뮈

괴로워도 살아야 하고 싸워야 한다. 괴로움이든 싸움이든 용감하게 참아냄으로써 성숙한 인간이 되는 것이다.

로망 롤랑

인내라는 것은 사람이 희망을 갖기 위한 한 가지 기술이다.

보브나르그

인내는 사업을 지탱해 나가는 하나의 자본이다.

발자크

너의 진로를 꾸준히 참으면서 걸어가면 설령 약간의 손해가 있을지라도 마침내 큰 이익을 획득할 것이다.

플라톤

이 세상은 참아야 하는 세상이다. 인간은 마음을 눅이고 참지 않으면 안된다. 이것이 바로 인간 세상의 운명이란 것이다.

대망경세어록

거지의 미덕은 인내(忍耐)이다.

마싱거

인내력 강한 사랑, 사랑은 인내이다.

헤세

처음에 참는 것은 나중에 참는 것 보다 쉽다. 처음에는 어떤 사람이든 조심을 해서 참지만 나중에는 그 조심을 조심하지 못해서 참지 못한다.

레오나르도 · 다빈치

인내와 노력 이 두 가지만 있으면 이 세상에서 못할 일이 없다. 인내야말로 환희에 다다르는 문이다.

야나콥스

어떤 일에 있어서 성공을 결정하는 첫번째이며 유일한 조건은 참는 것이다.

톨스토이

다른 사람이 참을 수 없는 바를 참아내야만 비로소 다른 사람이 이룰 수 없는 바를 이룰 수 있다.

법구경

인내라고 하는 것은, 세상에 대한 강인함의 경쟁이

기도 하다.

대망경세어록

참을성이 강한 남자는 임금이 될 전형이다.

데커

나는 녀석에게, 인간은 어떤 것을 할 수 있고, 어떤

것을 인내할 수 있는지를 보여줘야지.

헤밍웨이

인내할 수 있는 사람은 그가 바라는 바를 이룩할 수가 있다.

프랭클린

조용히 인내하는 것은 위대한 행동이다.

쉴러

모욕을 받은 사람에게 있어서 인내는, 추위에 떨고 있는 사람의 따뜻한 옷과 같은 역할을 한다. 추위가 심해지면 그만큼 두껍게 옷을 입어야 한다. 이렇게 하면 추위에 떨지 않고도 견딜 수 있을 것이다. 이와 마찬가지로 모욕이 큰 것이라면 그만큼 더 인내해야 한다.

메레즈코프스키

참고 또 참아라. 경계하고 또 경계하라. 참지않고 경계하지 않으면 작은 일도 크게 벌어진다.

명심보감

천재란 강력한 인내자이다.

톨스토이

복수는, 인내 앞에서는 속수무책이다.

파에드루스

한 여름은 으레 더운 것이다. 이때 덥다고 성화를 내봤자 결코 더위는 피할 수 없는 것이다. 그보다도 덥다고 성화하는 마음을 가라앉히면, 몸은 편하고 더위도 덜할 것이다. 이와 마찬가지로 인간은 형편이 좋은 때도 있으며, 좋지 못해 궁박할 때도 있다. 그런데 이같이 궁박하다고 성화를 내고 떠들어 본들 그 궁박과 곤란이 달아날리 만무하다. 그보다도 가난을 걱정하고 슬퍼하는 마음을 축출해 버리면, 언제나 마음은 편하고 그 형편도 나아지게 될 것이다. 이와 같이 마음먹기에 따라 더위를 피할 수 있으며, 빈곤에서 벗어날 수도 있다.

채근담

인내는 정의의 일종이다.

아우렐리우스

우리는 현재만 참고 견디면 된다. 과거와 미래에 대해 그렇게 괴로워 할 필요는 없다. 과거는 현재 존재하지 않으며, 미래는 아직도 오지 않은 현실이기 때문이다.

알랭

전쟁이라는 커다란 비참과 비교해 볼 때, 인간의 조그마한 인내 쯤은 아무것도 아니다.

대망경세어록

참고 견딘 일에 대해 기억해내는 것은 아주 유쾌한 일이다.

헤리크

인내란 육체적 소심(小心)과 도덕적 용기의 혼합물이다.

하이디

모든 행실의 근본 중 참는 것 외에 으뜸가는
것은 없느니라.

공자

약한 병을 견디지 못하고, 약한 분함을 참지 못하는 사람은 큰 일이
닥쳤을 때 스스로 아득하고 무너지며 엎치락 뒤치락 할 뿐이다.

명심보감

인내력(忍耐力)을 기르려면, 음악가(音樂家)
와 같은 창작의 인내가 필요하다.

러스킨

인고(忍苦)는 위대한 것이다. 터질 듯한 가슴을 누르고, 치밀어 오르
는 혈조(血嘲)를 씹으며, 그러나 사랑하는 님에게는 그런 빛을 나타
내지 않고 태연히 지내는 자약(自若)—세상에 이 이상 더 어려운 일
이 있을까? 인고의 푸대는 참으면 참을수록 그 끈은 강해지나니, 하
고싶은 말이 있어도 참는 궁굴(窮屈)이다. 그 인내(忍耐)와 단련 속
에서 비로소 미력한 자기가 빛을 내기 시작하는 것이다.

법구경

참을성이 있는 남자의 격정에는 주의하라.
드라이덴

인내—평범한 인간이 명예스런 성공을 거두는 위대한 미덕.
비어스

결혼 생활을 하는데 있어서 무엇보다도 중
요한 것은 인내 바로 그것이다.
체흡

참을 수 있거든 참고 또 참으며, 경계할 수 있거든 경계하고 또 경계하라. 참지도 못하고 경계하지도 못하면 조그마한 일이 크게 되고 만다.

공자

싸움이란 참을성이 강한 자가 이깁니다. 참을성이 강한 자(者)가.

대망경세어록

인내란 일체의 곤고(困苦)에 대한 최상의 치료다.

플라우투스

자포자기를 하는 일이 없도록 하라. 가장 어두운 날도 내일을 기다리면 사라진다.

영국 속담

사랑은 오래 참고 온유하며 질투하는 자(者)가 되지 아니하며, 스스로 자랑하지 아니하며, 교만하지 아니하며, 무례하지 아니하며, 자기의 유익함을 구하지 아니하며, 성내지 아니하며, 악한 것을 생각하지 아니하며, 불의를 기뻐하지 아니하며, 오직 진리와 함께 기뻐하고, 모든 것을 참으며, 모든 것을 믿으며, 모든 것을 견디는 것이다.

성서

어떠한 일이든지 참아낼 수 있는 사람은, 무슨 일
이든지 해낼 수가 있다. 인내는 인간이 가질 수 있
는 미덕이기도 하다.
루터

원망은 참음으로 인해 말끔히 사라진다.
석가

인내심이 강한 한 사람의 병사(兵士)는, 피로에 지
친 약한 일 개 대대보다 우월하다.
나폴레옹

전장에 나가 싸우는 코끼리가 화살을 맞아도 참는 것처럼, 나도 세
상의 헐뜯음을 참으며 언제나 정성으로 남을 구하자.
법구경

그 가운데 가장 오래 기다리는 사람이 분명히 승리한다.
잭슨

신념의 근본은 인내이다.
맥도날드

참고 버티라. 그 고통은 차츰차츰 너에게 좋은 것
으로 변할 것이다.
오비디우스

인내하는 사람은 정복(征服)되지 않는다.

G·허버트

분노로 시작된 것은 수치로 끝난다.

오스틴

순간의 분한 감정은 반드시 참아야 한다. 순간의 분한 감정을 참지 못하는 사람에게는 백 일의 근심을 모면하기가 어렵기 때문이다.

경행록(景行錄)

고통을 참고 이겨내서 강해지는 것이 얼마나 숭고(崇高)한 것인가?

롱펠로우

어떠한 대군(大軍)도 갑자기 나타나는 것은 아니다. 한 송이의 포도, 하나의 무화과까지도 그렇다. 지금 그대가 나에게 '무화과를 먹고 싶다'고 말한다면, 나는 대답할 것이다. '시간이 필요하다. 우선 꽃이 피어나게 하라. 다음에 열매를 맺게 하라. 이어서 익게 하라'고 무화과의 열매까지도 금방, 즉 한 시간 내에 되지 않는데, 그대는 사람의 마음을, 그렇게 신속하게 또 손쉽게 얻을 수가 있겠는가? 설사 그대가 그렇게 할 수 있어도, 결코 이를 기대해서는 안된다.

에픽테토스

네 마음의 작은 뜰에 인내를 심으라. 그 뿌리는 쓰
지만 그 열매는 달다.
오스틴

간교한 말은 덕(德)을 어지럽히고, 작은 것을 못 참으면 큰 일을 이
루지 못하나니라.
불경

참자, 참자. 그리고 냉혹하게 사는 의지를 배우자.
때로는 추상(秋霜)같은 냉혹이 도리어 봄바람 같은
온정 이상으로 자신과 남을 살리는 수가 있다.
법구경

누구에게 있어서도, 천성적으로 참을 수 없는 일은 절대로 일어나
지 않는다. 똑같은 일이 다른 사람에게도 일어나지만, 그 사람은 그
것이 일어난 것을 의식하지 못하거나 또는 커다란 용기를 보여주기
위해, 꾹 참고 이에 굴하지 않았던 것이다.
아우렐리우스

인내는 모든 고통의 최선의 치료약이다.
플라우투스

인내란, 무거운 짐을 지고 빨리 걸으면서도 말이 없는 나귀의 미덕
과 같다.

그랜빌

천성적으로 참지 못하는 사람은 성공하지 못한다.

아우렐리우스

part **15**

덕(德)에
대하여

Analects of the World

인간은 모두 평등(平等)하게 태어나 오직 덕망에 의하여 차별(差別)
되어진다.
라틴 격언(格言)

덕망이 높은 사람은 외롭지 않다. 반드시 그를
따르는 이웃이 있기 때문이다.
공자

미(美)는 육체의 덕(德)이요, 덕은 영혼의 미(美)이다.
에머슨

자기를 가장 높이 평가해 주는 사람을 거역
할 수 있는 미덕을 가진 사람은 거의 없다.
워싱턴

도를 알기는 쉬워도 말하기는 어렵다. 알고서
말하지 않는 것은 자연의 경지에
들어간 까닭이요, 안다고 해서 말하는
것은 인위적이기 때문이다.
장자

정당한 대의명분은 강하다.
T·미들턴

도(道)는 연못같이 고요하고 냇물처
럼 맑다. 금석으로 된 악기도 도(道)
를 얻지 못하면 소리가 나지 않는다.
악기에는 소리가 있되 두드리지 않으
면 소리가 나지 않음과 같이 도(道)가
만물에 응하고 있음을 누가 알리오.
장자

착한 사람은 덕을 존중하기 때문에 악을 미워한다.
호라티우스

선인은 타인도 착하게 만든다.
메난드로스

사악한 생각을 품는 사람에게 악이 떨어진다.
토르리지아노

영광(榮光)의 소리는 묘지의 정적(靜寂)을 꿰뚫지 못
하지만, 덕성(德性)과 생명의 폐허에서 꽃을 피우며,
하늘을 오른다.
H·K·화이트

시냇물이 바다에서 보이지 않는 것처럼, 사리사욕(私利私慾)에서는
덕성이 보이지 않는다.
라 로슈프코

뛰어나게 선량한 사람은 실제로 착한 행동을 하지만, 그것을 나타내
지는 않는다. 선량한 정도가 얕은 사람은 선량한 행동을 남에게 선
전하려고 애쓴다.
노자(老子)

덕망 있는 자(者)가 사람을 대할 줄 안다. 자신이 높게 대우를 받으려면 말에 있어서 사람들에게 겸손해야 한다. 또한 사람들을 이끌기 위해서는 앞에서 하는 것이 아니라 뒤에서 해야 한다. 덕망 있는 자(者)는 훨씬 앞서 있어도 사람들은 그리 거북하게 생각하지 않는다. 덕망이 있는 자(者)는 누구와도 다투지 않는다.

노자

물은 가장 깊은 곳에서 가장 잔잔하게 흐른다.

J·릴리

높은 바람은 높은 산에 분다.

T·플러

깊은 물은 소리가 없고, 촐랑거리는 시냇물은 얕음을 드러낸다.

R·헤리크

기분에 따라 사람은 어쩌다가 덕망있는 사람이 될 수도 있다.

까뮈

덕이 있다고 자부하는 자들아! 제일 먼저 너희들은 우리들보다 우월하지 못하다는 것을 깨달아라. 우리는 너희들에게 얼마간의 겸손을 깨우쳐 주고 싶다. 너희가 덕을 가지고 있다고 우쭐대는 것은 가련한 사리사욕이나 속됨에 불과하다. 너희들은 너희들이 행할 수 있는 일만큼의 존재에 지나지 않는다.

니이체

그대가 덕망스러우면 왕자(王子)보다도 더 행복할 수 있다.

프랭클린

자기 자신에게 덕(德)이 없는 사람은 타인(他人)의 덕을 시기한다.

베이컨

가끔 미덕은, 날카로운 가난의 바위 위에 떨어지기도 한다.

쉴러

명예와 훌륭한 공로를 혼자서만 차지하지 말라. 약간은 나누어서 남에게 주어야 해를 멀리하고 몸을 보전할 수 있느니라. 불명예와 더러운 이름은 남에게 미루지만 말고 약간은 끌어다가 나에게로 붙여라. 그래야만 가히 빛을 지니고 덕을 기를 수 있느니라.

홍자성

운명(運命)의 여신은, 한 인간을 존경할 만한 것으로 만들고 싶으면 그에게 덕(德)을 주고, 존경받게 만들고 싶으면 그에게 성공(成功)을 준다.

쥬베르

덕행(德行)은 공허한 산울림이 아니다.

쉴러

우리가 보고 있는 일체의 현상, 보고 있다고 생각하는 것은 모두 꿈 속의 꿈에 불과하다.

포우

덕행(德行)이 있는 자에겐 999인의 후원자가 있다.

도로우

당신이 고마운 일을 해 준 사람들에게 그 고마운 일에 대한 치사는 받지 못할 것이다. 왜냐하면 그것은 누구나가 할 수 있는 일이기 때문이다. 그리고 돌아오기를 바라고 행하는 일은 상대에게 감사한 느낌을 줄 수 없는 것이다.

성서

자기 자신의 결점을 반성하고 있는 사람에게는 남의 결점을 보고 있을 시간이 없다. 남의 입장에서 보지 않는 한, 남의 일에 대해서 판단하지 말라.

동양 격언

도덕상의 노력은 항상 계속되어야 한다. 그 까닭은 속된 욕심이 항상 끊임없이 성장해 가기 때문이다.

톨스토이

이따금 진실한 선(善)을 마주치게 되면, 나는 마음속으로부터 자연히 존경심이 우러나오는 것을 느낀다. 이 희귀한 선의 소유자가 나였으면 좋으련만하는 생각이 들었다.

모음

혼돈의 와중에서는 가만히 혼돈을 견디어 생에 대해서 겸허하게 기다릴 수 있는 것도 미덕이다.

헤세

덕은 세상에서 가장 기쁨을 주는 가치있는 재산(財産)이다.

플루타르쿠스

덕행(德行)은 세상의 지식보다 얻기가 더 힘들다. 그리고
젊은 사람이 덕행을 잃게 되면 좀처럼 회복할 수가 없다.

J·로크

선비가 도(道)에 뜻을 두면서 나쁜 옷을 입는 것과 험한 음식을 먹
는 것을 부끄러워한다면, 도(道)를 이루기는 어렵다.

논어(論語)

사람은 덕행을 쌓을수록 뜻과 이상이 크고 식견
이 밝아져서 충성스럽고 의로운 선비가 된다.

장자

당신이 가난하거든 덕행(德行)에 의하여 이름을 얻어라.
당신이 부유하거든 자선을 베풀어 이름을 얻어라.

플레처

사람이란 하루라도 착한 것을 생각하지 않으면 악한 것이 생각난다.

장자

어진 사람이 사람을 물들이는 것은 마치 향을 가까이 하는 것 같아서, 지혜로운 선(善)을 익혀서 마침내 꽃다운 선비가 되게 한다.

법구경

예지(叡知)란 다음에 해야 할 것을 아는 것이며, 다음에 해야 할 것을 행하는 것은 미덕이다.

조르단

선행은 악행을 조심하고 악행을 바라지 않는 마음에서 출발한다.

버나드·쇼

덕행(德行)은 스스로를 사랑한다. 덕행은 자기 자신을 가장 잘 알며, 자기가 얼마나 사랑스러운가를 가장 잘 알고 있기 때문이다.

키케로

덕(德)은 세상에서 가장 기쁨을 주는 가치있는 재산(財産)이다.

플루타르쿠스

악행을 피해서 달아나는 것은 비겁이다. 악행을 쳐 부수는 것은 용감이고, 악행을 아름답고 착하게 하는 것은 진정한 사랑의 빛이요, 향기다.

법구경

선(善)과 악(惡)은 공존한다.

라 로슈프코

고통의 미덕을 가르치는 성직자의 말에 귀를 기울이지 말자. 왜냐하면 즐거움이야말로 선이기 때문이다.

아나톨 프랑스

사람이 만일 부(富)하고 풍족하면 자연 그 집이 빛나고 윤택하다. 더불어 좋은 뜻을 마음에 두고 성실하면, 덕이 더하여 그 몸도 또한 윤택해진다.

대학

죄를 짓고도 벌을 면하는 경우가 있다. 그러나 벌을 면했다 하여 죄가 없어진 것은 아니다. 선(善)을 행하고도 칭찬을 받지 못하는 경우가 있다. 그러나 다른 사람이 알지 못한다 하여 선(善)이 없어진 것은 아니다. 숨기는 곳에 그 죄가 도리어 커가고, 모르는 곳에 그 선(善)은 더욱 참되게 되는 것이다.

법구경

악덕을 피하는 것보다도, 정당한 선덕(善德)의 행동을 하는 데 더 많은 판단이 필요하다. 악덕은, 그 진상은 추한 것이어서 처음 보는 우리를 놀라게 하고 있다. 그래서 만약 선덕의 가면을 쓰지 않으면 우리를 유혹할 수 없는 것이다.

체스터필드

아침에 도(道)를 들으면 저녁에 죽은들 무슨 원망이 있으랴……

공자

허영은 미덕의 동반자 일 수 없다.

라 로슈프코

선(善)의 열매가 익기 전에는 착한 사람도 화를 만난다. 선의 열매가 익은 때에는 착한 사람은 복을 받는다.
법구경

복은 맑고 검소한 곳에서 생기고, 덕은 낮고 겸손한 곳에서 생기고, 도(道)는 편안하고 고요한 곳에서 생긴다.
명심보감

사람의 마음속에 있는 덕성(德性)은 보석과 같다. 왜냐하면 사람의 덕성은 어떠한 일이 생기든지 천연(天然)의 아름다움을 언제까지나 보존하기 때문이다.
오비디우스

인간의 덕은 노력에 의해서가 아니라 일상적인 행위에 의해서 측정되어야 하는 것이다.
파스칼

덕성은 자기의 양심에 따라 행동하는 일이다.

보봐르

나는 완고한 도덕 보다는 융통성 있는 악덕을 좋아한다.

모리엘

덕이 있는 사람은 대부분 그 마음이 부끄럽지 아니하고, 좁지도 아
니하여, 자연 넓고, 크고, 너그럽고 평화로와 온몸이 윤택해진다.

대학(大學)

미덕이라는 것은 부정하는 것이 아니라 긍정하는
것이며, 회피하는 것이 아니라 복종하는 것이며,
자기가 주인이고, 주동적으로 생각하며 행동하는
것이며, 인식보다는 행동에 옮기며, 정신적이기 보
다는 훨씬 본능적인 것에 가깝다.

헤세

미덕은 자신을 정당화하는 것이 의해서
자신의 품위를 떨어뜨린다.
불테르

오늘날 우리의 미덕은 위장한 악덕에 지나지 않는다.
라 로슈프코

당신이 훌륭한 인물을 대할 때, 그 사람이 지닌 덕
을 당신 자신도 가지고 있는가 돌아 보아라. 그리
고 나쁜 사람을 대할 때는 그 사람이 지은 죄가 당
신에게도 있지 않은가 돌아 보아라.
맹자(孟子)

덕(德)의 유일한 보수는 덕(德)이다.
에머슨

마음이 성스러운 사람은 언제나 심덕을 기르기에 생각은 사려 깊고
행동하는 데는 신중하다. 즉 마음이 성스러운 사람은 그 행동보다
도 먼저 심덕을 닦기에 힘을 쓰기 때문이다.
노자

도덕은 타인의 모방이 아니고 오로지 자기를 위한 참된
길을 구하여 돌진하는 곳에서 완성된다. 끊임없는 진리
에의 탐구에 의해서 비로소 가능하다. 바꾸어 말하면
도덕과 진보와 개선은 언제나 불가분의 관계에 있다.
간디

도(道)를 어기면 자기를 따르게 되고, 도를 따르면 자기를 어기게 된
다. 이 뜻을 잘 알고 행하여야 한다.
법구경

무엇보다도 내가 할 일은 내가 내 자신에게 진실해야 한다는 점이
다. 어찌 스스로에게 진실하지 못하면서 남이 나에게만 진실하기를
바라는가? 만일 그대가 자신에게 진실하다면, 밤이 낮을 따르듯이
어떠한 사람도 그대에게 거짓말을 하지 않게 되리라.
셰익스피어

덕을 이루지 못하고, 배움을 다하지 못하며, 의로움을 듣고도 행하지 못하고, 착하지 못함을 고치지 못하니, 이것이 우리들의 근심거리니라.

논어(論語)

도(道)에 대한 물음에 대답하는 사람은 도를 알지 못하는 사람이니, 도를 물어도 도(道)를 듣지 못할 것이다. 도는 물을 수도 없고, 또 대답할 수도 없다. 따라서 물을 수 없는 것을 묻는 것은 억지 물음이요, 대답할 수 없는 것을 대답하는 것도 도를 모르기 때문이다.

장자

어진 자(者)는 아무리 자기 자신에 대해서 엄격하더라도 남에게 무엇하나 요구하는 법이 없다. 어진 자(者)는 스스로의 상태에 만족하는 법이다. 그리고 결코 자기 운명을 위해서 하늘을 원망하거나 남을 비난하는 일이 없다.

공자

당연히 해야 할 일을 하지 않는 것은, 어리석은 자(者)의 행동이다. 해야 할 일을 곧바로 해내는 사람은, 사리를 아는 사람이다.

논어(論語)

소인을 상대로 해서 나무라지 말라. 소인의 상대가 되기
보다는 따로 상대할 인간이 있다. 또 군자에 대해서 아첨
해서는 안된다. 원래 군자의 마음이란 공평 무사해서 어
떠한 아첨을 할지라도 특별한 은혜를 베풀지 않는다.
채근담

사람을 가리켜 대인(大人)이라고도 하고 소인(小人)이라고도 하는
데, 마음을 어질게 가지면 대인이 되고 어질게 갖지 않으면 소인이
되는 것이다.
맹자(孟子)

도덕이란 단지 사회적인 약속에 불과하다.
와일드

인간이 행동하는 것은 그 행동이 자신의 이익이 되기 때문이다. 자신의 행동이 타인에게도 이익이 되는 경우에 그것은 미덕이라 할 수 있다. 베푸는 것이 즐거우면 자비심이 되고, 사회를 위해서 봉사하는 것이 즐거우면 공공심이 풍부한 것이 된다.

모음

위로는 황제에서부터 아래로는 일개 백성에 이르기까지, 모든 사람은 제일 먼저 덕을 길러야 한다. 왜냐하면 덕성(德性)은 사람마다 지니지 않으면 안될 최초의 정신적 보배이기 때문이다. 따라서 이처럼 최초의 덕을 지니지 못하면 최후의 도(道)를 지니기는 매우 어려운 것이다.

공자(孔子)

고결한 자의 기념비는 그의 덕행(德行)이다.

에우리피데스

당신은 미덕이 단순히 말로만 이루어진다고 생각 되는가?

호라티우스

좋은 친구와의 충분한 논의(論議)는 덕행의 진짜 원동력이다.

윌튼

지상의 도는 곧 마음이다. 이미 이 마음이거든 어려운 일이 아니다. 밥 먹고 옷 입을 줄 알았으면 된다. 새삼스럽게 깨치려고 하기 때문에 곧 그러한 생각이 큰 장애가 되는 것이다. 다만 미워하고 사랑하는 망상만 버리면 도(道)는 저절로 체득되기 마련이다.

청담조사

거짓과 간사한 행동을 갖지 말고, 바르고 꼿꼿한 행실을 가지면 도학군자(道學君子)에 가까워 질 것이다.

소학(小學)

그대 스스로 뒤돌아보아 옳다고 생각할 때에는 천만인이 가로막더라도 그대로 그 길로 걸어가라!
선(善)은 초조해 하지 않는다. 구김살이 없다. 움츠러들지 않는다. 선은 유유(悠悠)하다. 명랑하다. 자유롭다.

법구경

모든 사람은 평등하다. 평등을 다르게 하는 것은 출생이 아니라, 오직 덕(德)에 있을 뿐이다.

볼테르

감사하는 마음은 최대의 미덕일 뿐만이 아니라, 모든 미덕의 부모다.

키케로